Buch

Eliot Rosewater ist Erbe eines riesigen Vermögens, das er als Präsident einer Stiftung verwaltet. Mit seinem Familienleben steht es allerdings nicht zum besten. Denn während seine Frau an einem Leiden erkrankt ist, das ihr Psychiater als Samarithrophia bezeichnet (»Hysterische Indifferenz gegenüber den Sorgen jener, die weniger vom Glück begünstigt sind«), ist Rosewater selbst von nicht zu bremsender Nächstenliebe erfüllt. Er stiftet, was das Zeug hält, und das nicht nur für schicke kulturelle Zwecke, wie es sich in seinen Kreisen gehört. Er hilft vielmehr Lebensmüden, verschenkt seine eigene Kleidung und unterstützt nach Kräften die »kleinen Leute« der Provinzstadt, in der er lebt. Kein Wunder, daß die eigene Familie alles daran setzt, Rosewater wegen seiner »krankhaften« Wohltätigkeit entmündigen zu lassen – und das nicht erst, seit Rosewater auf den Gedanken verfallen ist, der Freiwilligen Feuerwehr seines Heimatstädtchens den größten Löschzug der Welt zu spendieren.

Gott segne Sie, Mr. Rosewater, von manchen Kritikern als der in vielerlei Hinsicht reichste und komplexeste Roman Vonneguts bezeichnet, erzählt die schmerzlich wahre Geschichte eines Mannes, der in seinem Altruismus eine krankhaft gesunde Einstellung gegenüber seinen Mitmenschen offenbart – eines Mannes, dessen eigentlich »normales« Verhalten in einer kranken Welt nur als verrückt gelten kann.

»Ein bissiger und brillant erzählter Roman von der Gier, Heuchelei und Torheit des heutigen Menschen. *Gott segne Sie, Mr. Rosewater* ist reich an wundervoll komischen Szenen und Dialogen, seltsamen, doch glaubwürdigen Charakteren, beißend satirischen Kommentaren zu vielen Aspekten des barmherzigen und unbarmherzigen Lebens im modernen Amerika.«
(New York Herald Tribune)

Autor

Kurt Vonnegut wurde 1922 in Indianapolis geboren und studierte Biochemie und Anthropologie. Seit 1960 ist er als freier Schriftsteller tätig. Weltruhm erlangte er mit seinem Antikriegsroman *Schlachthof 5 oder Der Kinderkreuzzug* (1969). Vonneguts Werke sind durch eine »respektlose Haltung gegenüber Systemzwängen, Antimilitarismus und durch die unermüdliche Forderung nach humanitärem Verhalten gekennzeichnet«. *(Lexikon der Weltliteratur)* Von Kurt Vonnegut ist in Deutschland zuletzt der Roman *Blaubart* (C. Bertelsmann) erschienen.

Von Kurt Vonnegut liegen als Goldmann-Taschenbücher außerdem vor:

Zielwasser. Roman (8633) · Das höllische System. Roman (9174)
Slapstick. Roman (9175)
Geh zurück zu deiner lieben Frau. Erzählungen (9443)
Galapagos. Roman (9624) · Frühstück für starke Männer. Roman (9394)

KURT VONNEGUT

Gott segne Sie, Mr. Rosewater

ROMAN

Aus dem Amerikanischen
von Joachim Seyppel

GOLDMANN VERLAG

Neuausgabe
Die amerikanische Originalausgabe erschien unter dem Titel
»God bless you, Mr. Rosewater«
bei Holt, Rinehart and Winston, New York

Der Goldmann Verlag
ist ein Unternehmen der Verlagsgruppe Bertelsmann

Made in Germany · 6/90 · 1. Auflage
Copyright © 1965 by Kurt Vonnegut
All Rights Reserved
Published by arrangement with Delacorte Press / Seymour Lawrence,
a division of the Bantam Doubleday Dell Publishing Group, Inc.,
New York, U.S.A.
Copyright © der deutschsprachigen Ausgabe 1990 by
Wilhelm Goldmann Verlag, München
Umschlaggestaltung: Design Team München
Umschlagillustration: Osterwalder, Hamburg
Druck: Elsnerdruck, Berlin
Verlagsnummer: 9758
G.R. · Herstellung: Sebastian Strohmaier
ISBN 3-442-09758-4

Für Alvin Davis,
dem Telepathen und Freund der Streuner.

> *»Der zweite Weltkrieg war vorüber – und da über-
> querte ich am hohen Mittag den Times Square und trug
> das Verwundetenabzeichen.«*
>
> Eliot Rosewater
> Präsident der Rosewater Foundation

Erstes Kapitel

Geld spielt in dieser Erzählung über gewisse Personen
eine führende Rolle, genau wie Honig in einer Erzählung
über Bienen eine führende Rolle spielen würde.

Die Geldsumme, von der die Rede ist, belief sich auf
genau 87 472 033,61 Dollar, und zwar am 1. Juni 1964.
An jenem Tag zog sie die Aufmerksamkeit eines jungen
Winkeladvokaten namens Norman Mushari auf sich.
Das Einkommen, das die oben genannte und höchst
interessante Geldsumme einbrachte, betrug jährlich
3 500 000 Dollar, fast 10 000 Dollar pro Tag – einschließlich sonntags.

1947, als Norman Mushari erst sechs Jahre alt war,
wurde jene Geldsumme zum Grundstein einer karitativen und kulturellen Stiftung gemacht. Davor war sie das
vierzehntgrößte Familienvermögen Amerikas gewesen –
das Vermögen der Rosewaters. Sie wurde in eine Stiftung gesteckt, um Steuereinzieher und andere Räuber,
die nicht Rosewater hießen, daran zu hindern, sie mit
Beschlag zu belegen. Und das komplizierte juristische
Meisterstück von Dokument, welches die Stiftungsurkunde der Rosewater-Stiftung darstellte, bestimmte
ein für allemal, daß die Präsidentschaft der Stiftung auf
gleiche Weise wie die britische Krone vererbt werden

sollte: sie sollte nämlich bis in alle Ewigkeit auf den nächsten und ältesten Erben des Schöpfers der Stiftung, des Senators Lister Ames Rosewater aus dem Staate Indiana, übergehen.

Geschwister des Präsidenten sollten nach Erreichen des einundzwanzigsten Lebensjahres Direktoren der Stiftung werden. Alle Direktoren waren angestellt auf Lebenszeit, wenn sie nicht gerade für juristisch unzurechnungsfähig erklärt wurden. Es stand ihnen frei, sich für ihre Dienste so reichlich, wie sie nur wollten, zu entschädigen, doch nur aus dem Einkommen der Stiftung.

Wie das Gesetz es vorsah, verbot die Stiftungsurkunde den Erben des Senators, irgend etwas mit der Verwaltung des Grundkapitals der Stiftung zu tun zu haben. Die Sorge um das Grundkapital fiel also einer Gesellschaft zu, die gleichzeitig mit der Stiftung gegründet wurde. Man nannte sie, ohne Umschweife, die Rosewater-Gesellschaft. Wie fast alle Gesellschaften war sie der geschäftlichen Klugheit und dem Profit ergeben, dem Soll und Haben. Ihre Angestellten wurden sehr gut bezahlt, weswegen sie auch äußerst gerissen und zufrieden und energisch waren. Ihre Hauptbeschäftigung lag in der Verwaltung von Aktien und Wertpapieren anderer Gesellschaften. Untergeordnete Beschäftigungen betrafen die Verwaltung einer Sägenfabrik, einer Kegelbahn, eines Motels, einer Bank, einer Brauerei, größerer Farmen im Landkreis Rosewater im Staate Indiana und einiger Kohlenminen im nördlichen Kentucky.

Die Rosewater-Gesellschaft nahm zwei Etagen in der Fifth Avenue Nr. 500 in New York ein und unterhielt kleinere Zweigstellen in London, Tokio, Buenos Aires und im Landkreis Rosewater. Kein Mitglied der Rosewa-

8

ter-Stiftung durfte der Gesellschaft vorschreiben, was sie mit dem Grundkapital machen sollte. Umgekehrt war die Gesellschaft insofern machtlos, als sie der Stiftung nicht sagen konnte, was sie mit den reichlichen Profiten, die ihr durch die Gesellschaft zuflossen, machen sollte.

Diese Tatsachen wurden dem jungen Norman Mushari bekannt, als er nach Absolvierung des Jura-Studiums an der Cornell-Universität (»Summa cum laude«) bei dem Rechtsanwaltsbüro in Washington zu arbeiten begann, das sowohl die Stiftung als auch die Gesellschaft ersonnen hatte, bei McAllister, Robjent, Reed und McGee. Norman Mushari stammte von Libanesen ab, der Sohn eines Teppichhändlers aus Brooklyn. Er war nur ein Meter sechzig groß. Sein Hintern war riesig und leuchtete, wenn er nackt war.

Er war der jüngste, kleinste und auf jeden Fall der am wenigsten angelsächsische männliche Angestellte des Rechtsanwaltsbüros. Er arbeitete unter dem senilsten Geschäftspartner, nämlich unter Thurmond McAllister, einem süßen und unfähigen Greis, der sechsundsiebzig war. Man hätte ihn nie angestellt, wenn die anderen Partner nicht der Meinung gewesen wären, daß McAllisters Unternehmungen eine Idee gerissener sein könnten.

Niemand ging je mit Mushari zum Lunch; Mushari aß allein in billigen Selbstbedienungsrestaurants und plante dabei den gewaltsamen Sturz der Rosewater-Stiftung. Er kannte keinen der Rosewater. Was ihn faszinierte, war die Tatsache, daß das Rosewater-Vermögen die größte Geldanhäufung war, die von McAllister, Robjent, Reed und McGee betreut wurde. Er erinnerte sich daran, was sein Lieblingsprofessor, Leonard Leech, ihm einmal gesagt hatte, wie er am besten vorwärtskommen würde. Leech hatte gesagt, genau wie ein guter Flugzeug-pilot, der immer nach einem Landungsplatz ausschauen sollte, müsse ein Rechtsanwalt immer nach Situationen ausschauen, in denen große Mengen Geld gerade von einer Hand in eine andere übergingen.

»In jedem großen Geldgeschäft«, hatte Leech gesagt, »gibt es den magischen Augenblick, in dem ein Mann ein Vermögen übergibt und der Mann, der es empfangen soll, es noch nicht hat. Ein aufmerksamer Rechtsanwalt macht diesen Augenblick zu dem seinen, besitzt das Vermögen eine magische Mikrosekunde, nimmt davon ein wenig und reicht es weiter. Wenn der Mann, der das Vermögen erhalten soll, an Reichtum nicht gewöhnt ist, einen Minderwertigkeitskomplex hat und dazu undeutliche Vorstellungen einer Schuld, wie die meisten Menschen, kann der Rechtsanwalt oft nicht weniger als die Hälfte der Summe einstecken und noch immer des reichlichen Dankes des Empfängers sicher sein.«

Je mehr Mushari die mit »vertraulich« bezeichneten Rosewater-Akten des Rechtsanwaltsbüros durchstöberte, desto aufgeregter wurde er. Besonders erregend war jener Teil der Stiftungsurkunde, der die sofortige Entlassung eines Direktors vorsah, der für juristisch unzurechnungsfähig erklärt wurde. Es gehörte zum alltäglichen Klatsch, daß der allererste Präsident der Stiftung, Eliot Rosewater, der Sohn des Senators, »mondsüchtig« war. Diese Bezeichnung war verspielt, und Mushari wußte, mit »verspielten Bezeichnungen« kam man beim Gericht nicht weiter. Eliot wurde von Musharis Kollegen auch als »Die Nuß«, »Der Heilige«, »Johannes der Täufer« und ähnlich betitelt.

»Auf alle Fälle«, träumte Mushari vor sich hin, »müssen wir diese Type vor einen Richter kriegen.«

Allen Berichten nach war die Person, die als nächste die Präsidentschaft der Stiftung anzutreten hatte, ein Vetter im Staate Rhode Island, in jeder Hinsicht minderwertig. Wenn der magische Augenblick gekommen war, würde Mushari diesen Vetter vertreten.

Mushari, schwerhörig, wußte nicht, daß er selbst einen Bürospitznamen hatte. Dieser Spitzname stammte aus einem Schlager, den immer jemand pfiff, wenn Mushari kam oder ging. Der Schlager hieß »Pop Goes the Weasel«, zu deutsch etwa »Seht, da geht der Schleicher«.

Eliot Rosewater war 1947 Präsident der Stiftung geworden. Als Mushari ihn siebzehn Jahre später unter die Lupe nahm, war er sechsundvierzig. Mushari, der sich als den tapferen kleinen David betrachtete, der Goliath erschlagen sollte, war genau halb so alt. Und es war fast so, als wollte Gott selbst, daß der kleine David gewinne; denn Akte auf Akte, die alle als »vertraulich« bezeichnet waren, bewies ihm, daß Eliot plemplem war.

In einer Akte beispielsweise, die im Tresor des Rechtsanwaltsbüros verschlossen gehalten wurde, lag ein Umschlag mit drei Siegeln – und er sollte ungeöffnet demjenigen übergeben werden, der die Präsidentschaft der Stiftung nach Eliots Tod übernahm. In dem Umschlag befand sich ein Brief von Eliot, in dem es hieß:

»Lieber Vetter oder wer Du auch sein magst, ich gratuliere Dir zu Deinem großen Glück. Amüsiere Dich. Es wird Deinen Gesichtskreis erweitern, wenn Du weißt, was für Organisatoren und Aufpasser Dein unglaubliches Vermögen bisher gehabt hat.
Wie so viele andere amerikanische Vermögen ist der Rosewater-Haufen anfangs von einem humorlosen,

verstopften christlichen Bauernjungen aufgebaut worden, der es zum Spekulanten und Bestecher während und nach dem Bürgerkrieg gebracht hatte. Dieser Bauernjunge hieß Noah Rosewater, mein Urgroßvater, der im Landkreis Rosewater im Staate Indiana geboren wurde.

Noah und sein Bruder George erbten von ihrem Pionier-Vater sechshundert Morgen Land so schwarz und schwer wie Schokoladenkuchen, dazu ein kleines Sägewerk, das so gut wie bankrott war. Der Krieg brach aus.

George stellte eine Schützenkompanie auf und marschierte mit ihr als ihr Kommandeur ins Feld.

Noah ließ sich für gutes Geld von dem Dorfidioten im Krieg vertreten, baute das Sägewerk zu einer Fabrik für Säbel und Bajonette um und stellte die Farm auf Schweinezucht um. Abraham Lincoln erklärte, kein Geldbetrag sei zu groß, der für die Wiedervereinigung des Landes gezahlt würde; daher setzte Noah die Preise seiner Waren im Sinne der nationalen Tragödie äußerst hoch. Und dabei machte er die folgende Entdeckung: Einwände der Regierung gegen den Preis oder die Qualität der Waren konnten durch Bestechungssummen, die lächerlich gering waren, unschädlich gemacht werden.

Er heiratete Cleota Herrick, die häßlichste Frau in Indiana, weil sie vierhunderttausend Dollar hatte. Mit ihrem Geld erweiterte er die Fabrik und kaufte Farmen auf, alle im Landkreis Rosewater. Er wurde der größte Schweinezüchter im Norden. Und um nicht von Fleischkonservenfabriken ausgebeutet zu werden, kaufte er die Mehrzahl der Aktien eines Schlachthauses in Indiana. Um nicht von Stahlfabrikanten ausgebeutet zu werden, kaufte er die Mehrzahl der Aktien einer Stahlgesellschaft in Pittsburgh. Um nicht von Kohlenminen ausgebeutet zu werden, kaufte er die Mehrzahl der Aktien verschiedener Minen. Um nicht von Geldleihern ausgebeutet zu werden, gründete er eine Bank.

Und sein Mißtrauen, das an Verfolgungswahn grenzte, man könnte ihn irgendwie zum Opfer machen, brachte ihn dazu, sich immer mehr mit Wertpapieren abzugeben, mit Aktien und Schuldscheinen, und immer weniger mit Säbeln und Schweinefleisch. Kleine Experimente mit wertlosen Papieren überzeugten ihn davon, daß solche Papiere mühelos verkauft werden konnten. Während er fortfuhr, Regierungsbeamte zu bestechen, damit sie ihm Schätze und Rohstoffquellen überließen, hausierte er weiterhin mit wertlosen Effekten. Als die Vereinigten Staaten von Amerika, die als ein Utopia für alle entworfen worden waren, weniger als ein Jahrhundert alt waren, bewiesen Noah Rosewater und einige gleichgeartete Männer die Dummheit der Gründer der Republik in einer Hinsicht: jene Gründer hatten es nämlich versäumt, es in Utopia zum Gesetz zu machen, daß der Reichtum eines jeden Bürgers zu begrenzen sei. Diese Unterlassungssünde war begangen worden auf Grund einer schwächlichen Vorliebe für Menschen, die teure Dinge liebten, und weil man glaubte, der Kontinent sei derart riesig und reich und die Bevölkerung so klein und unternehmungslustig, daß kein Dieb, wie schnell er auch stahl, mehr als geringe Ungelegenheiten schaffen könne. Noah und einige Gleichgeartete dagegen erkannten, daß der Kontinent begrenzt war und daß bestechliche Beamte, besonders Gesetzgeber, dazu überredet werden konnten, große Stücke Land freizugeben – und zwar auf eine Art und Weise, die es Noah und Gleichgesinnten ermöglichte, diese Stücke als ihr Eigentum zu erklären. Daher kam es, daß eine Handvoll raubgieriger Mitbürger alles das kontrollierte, was in Amerika der Kontrolle wert war. Derart wurde das unzivilisierte und stupide und völlig unangemessene und überflüssige und humorlose amerikanische Klassensystem geschaffen. Ehrliche, fleißige, friedliche Bürger wurden als Blutsauger eingestuft, wenn sie nur um einen Mindestlohn baten. Und man sah zu, daß von nun an Lob nur jenen gespendet wurde, die Mittel entwickelten, große Summen dafür einzustecken, daß sie Verbrechen begingen, gegen die es keine Gesetze gab. So kehrte sich der Amerikanische Traum wie ein verdorbener Magen um, wurde grün und gelb und wollte dabei immer mehr – Zeichen einer unbegrenzten Habgier, mit Blähungen gefüllt, in der Mittagssonne einen unangenehmen Geruch verbreitend. *E pluribus unum* ist auf jeden Fall ein ironisches Motto für die Währung dieses geplatzten Utopias; denn jeder lächerlich reiche Amerikaner vertritt Eigentum, Vorrechte und Vergnügen, die den Vielen vorenthalten werden. Ein noch lehrreicheres Motto, der Geschichte nach zu urteilen, die die Noah Rosewaters geschrieben haben, wäre etwa: *Nimm dir zu viel oder du kriegst gar nichts.*

Und Noah zeugte Samuel, der Geraldine Ames Rockefeller heiratete. Samuel interessierte sich für Politik sogar noch mehr als sein Vater, diente unermüdlich der Republikanischen Partei, bestimmte den Parteivorsitzenden, welcher dann wie ein Derwisch herumfuhr, fließend alle Sprachen sprach und der Bürgerwehr befahl, in Menschenansammlungen zu schießen, wenn irgendein armer Schlucker drauf und dran war zu behaupten, er und ein Rosewater wären in den Augen des Gesetzes gleich.

Und Samuel kaufte Zeitungen auf und dazu auch Pfaffen. Er gab ihnen den Auftrag, eine simple Lehre zu lehren, die sie gut lehrten: *Jedermann, der sich einbildete, die Vereinigten Staaten sollten ein Utopia sein, war ein schweinischer, fauler, gottverdammter Narr.* Samuel meinte, kein amerikanischer Fabrikarbeiter sei mehr als achtzig Cents pro Tag wert. Andererseits war er dankbar, für das Gemälde eines Italieners, der dreihundert Jahre tot war, hunderttausend oder mehr Dollar ausgeben zu können. Obendrein schenkte er solche Gemälde den Museen, um armen Leuten die Möglichkeit geistiger Erbauung zu geben. Die Museen waren leider sonntags geschlossen.

Und Samuel zeugte Lister Ames Rosewater, der Eunice Eliot Morgan heiratete. Über Lister und Eunice läßt sich etwas Schmeichelhaftes sagen: im Gegensatz zu Noah und Cleota und Samuel und Geraldine konnten sie lachen, als machte es ihnen wirklich Spaß. Eine merkwürdige Anmerkung zur Geschichte besteht darin, daß Eunice Schachmeisterin der USA wurde, und zwar zuerst 1927 und dann noch einmal 1933.

Eunice schrieb auch einen historischen Roman, über einen weiblichen Gladiatoren, »Ramba von Mazedonien«, der 1936 zum Bestseller wurde. Eunice kam 1937 bei einem Segelunglück in Cotuit im Staate Massachusetts um. Sie war eine weise und amüsante Person und hegte aufrichtige Besorgnisse über die Lage der Armen. Sie war meine Mutter.

Ihr Mann, Lister, trat niemals ins Geschäftsleben ein.

Vom Augenblick seiner Geburt bis zu diesem Augenblick hat er die Verwaltung seines Vermögens Rechtsanwälten und Banken überlassen. Er hat fast sein ganzes Erwachsenenleben im Kongreß der Vereinigten Staaten verbracht und sich mit moralischer Aufrüstung abgegeben, zuerst als Abgeordneter des Bezirks, dessen Mittelpunkt der Landkreis Rosewater ist, und dann als Senator von Indiana. Und Lister zeugte Eliot.

Lister hat so viel über die Auswirkungen und Verwicklungen seines ererbten Vermögens nachgedacht, wie die meisten Menschen über ihren linken großen Zeh nachdenken. Sein Vermögen hat ihn niemals amüsiert, ihm Sorgen gemacht oder ihn versucht. Daß er fünfundneunzig Prozent davon der Stiftung vermachte, die Du jetzt beherrschst, hat ihm nie Gewissensbisse verursacht.

Und Eliot heiratete Sylvia DuVrais Zetterling, eine Pariser Schönheit, die ihn hassen gelernt hat. Ihre Mutter war Beschützerin der Maler. Ihr Vater galt als der größte lebende Cellist. Ihre Großeltern mütterlicherseits waren ein Rothschild und eine DuPont.

Und Eliot wurde zum Trinker, zu einem Träumer von Utopia, einem hochstaplerischen Heiligen, einem Narren ohne Ziel.

Er hat keinen einzigen Nachkommen erzeugt.

Bon voyage, lieber Vetter oder wer Du auch sein magst. Sei großzügig. Sei freundlich. Die Künste und Wissenschaften kannst Du getrost ignorieren. Sie haben niemals jemandem geholfen. Aber sei ein aufrichtiger, aufmerksamer Freund der Armen.«

Der Brief war unterschrieben »Der verstorbene Eliot Rosewater«. Beim Lesen dieses Briefes schlug Norman Musharis Herz so schnell wie eine außer Rand und Band

geratene Uhr. Er mietete sich ein Tresorfach und hinter-
legte dort den Brief. Dieses erste Stück eines handfesten
Beweises würde nicht lange allein bleiben.

Mushari zog sich in seine Zelle zurück und dachte darüber nach, daß Sylvia gerade dabei war, sich von Eliot
scheiden zu lassen, und daß der alte McAllister Eliot ver-
trat. Sylvia lebte in Paris; Mushari schrieb ihr einen
Brief, in dem es hieß, es sei in einem freundschaftlichen,
zivilisierten Scheidungsprozeß üblich, die Briefe des Ehe-
gatten wieder herauszugeben, er bitte sie darum, ihm alle
Briefe zu schicken, die sie von Eliot aufgehoben habe.

Er erhielt dreiundfünfzig Briefe, und zwar postwen-
dend.

Zweites Kapitel

Eliot Rosewater wurde 1918 in Washington geboren.
Wie sein Vater wurde er an der Ostküste der USA zur
Schule geschickt, hier erhielt er seine Erziehung, hier und
später in Europa amüsierte er sich. Die Familie besuchte
das sogenannte »Heim« im Landkreis Rosewater jedes
Jahr nur für sehr kurze Zeit, genauso lange nämlich, wie
es nötig war, die Lüge aufzufrischen, daß dort wirklich
ihr »Heim« war.

Eliot verbrachte wenig bemerkenswerte Jahre auf einer
renommierten Privatschule und auf der Harvard Universität. Er wurde ein ausgezeichneter Segler in den Sommer-
monaten an der atlantischen Küste und ein mittelmäßi-
ger Schiläufer während der Winterferien in der Schweiz.

Am 8. Dezember 1941 verließ er die Juristische Fakul-
tät der Harvard Universität und meldete sich freiwillig
zur Infanterie der Vereinigten Staaten. In vielen Schlach-
ten bewährte er sich mit Auszeichnung. Er brachte es bis

zum Rang eines Hauptmanns und zum Kommandeur einer Kompanie. Gegen Ende des Krieges in Europa zog er sich etwas zu, was als »Kriegsneurose« (oder auch Kriegsmüdigkeit) diagnostiziert wurde. In Paris kam er ins Lazarett, wo er Sylvia umwarb und eroberte.

Nach dem Krieg kehrte Eliot mit seiner Aufsehen erregenden Frau an die Harvard Universität zurück und setzte sein Studium fort. Er spezialisierte sich auf internationales Recht und träumte davon, einmal den Vereinigten Staaten irgendwie helfen zu können. Er erhielt den Doktor-Grad und gleichzeitig die Präsidentschaft der neu gegründeten Rosewater-Stiftung. Seine Pflichten waren, was die Stiftungsurkunde betraf, genauso undeutlich oder so groß, wie er sie zu betrachten beliebte.

Eliot entschloß sich, es mit der Stiftung ernst zu meinen. Er kaufte sich ein Haus in New York mit einem Brunnen im Foyer. In die Garage stellte er sowohl einen Bentley als auch einen Jaguar. Im Empire State Building mietete er eine Flucht von Büroräumen. Er ließ sie kalkweiß, braunorangen und austernweiß anstreichen. Diese Räume machte er zum Hauptquartier für all seine schönen, leidenschaftlichen und wissenschaftlichen Unternehmungen, die er auszuführen hoffte.

Er war ein starker Trinker, aber niemand machte sich darüber irgendwelche Sorgen. Keine Menge Schnaps schien ihn betrunken zu machen.

Von 1947 bis 1953 gab die Rosewater-Stiftung vierzehn Millionen Dollar aus. Eliots Wohltaten umfaßten die gesamte karitative Skala, angefangen bei einer Klinik für Geburtenkontrolle in Detroit bis zum Kauf eines El Greco für Tampa im Staate Florida. Rosewater-Dollars bekämpften Krebs und Geisteskrankheiten und Rassenvorurteile und Übergriffe der Polizei und zahllose andere Mißstände; sie ermutigten College-Professoren, nach der Wahrheit zu suchen, und kauften Schönheit um jeden Preis.

Ironischerweise hatte eine Untersuchung, für die Eliot Geld gab, mit dem Alkoholismus in San Diego zu tun. Als der Untersuchungsbericht eingereicht wurde, war Eliot zu betrunken, um ihn zu lesen. Sylvia mußte zum Büro fahren und ihn nach Haus begleiten. Hundert Leute sahen zu, wie sie versuchte, ihn über den Bürgersteig zu einem wartenden Taxi zu führen. Und Eliot rezitierte für sie einen Reim, an dem er den ganzen Morgen gesessen hatte:

»Viele, viele gute Dinge hab' ich gekauft!
Um viele, viele schlechte Dinge hab' ich gerauft!«

Voller Reue blieb Eliot zwei Tage nüchtern und verschwand dann für eine ganze Woche. Unter anderem brach er in einen Kongreß von Science-Fiction-Autoren ein, der in einem Motel in Milford im Staate Pennsylvanien abgehalten wurde. Norman Mushari erfuhr von dieser Episode durch den Bericht eines Privatdetektivs; auch dieser Bericht befand sich in den Akten von McAllister, Robjent, Reed und McGee. Der alte McAllister hatte den Privatdetektiv beauftragt, Eliots Spuren zu folgen und ausfindig zu machen, ob er Dinge täte, die der Stiftung später in juristischer Hinsicht Verlegenheit bereiten konnten.

Der Bericht enthielt Eliots Rede an die Autoren, Wort für Wort. Alle Reden des Kongresses, einschließlich der Eliots, die er in betrunkenem Zustand gehalten hatte, waren auf Band aufgenommen worden.

»Ich liebe euch Hundesöhne«, sagte Eliot in Milford.

»Nur euch lese ich noch. Ihr seid die einzigen, die von den wirklich enormen Veränderungen erzählen, die vor sich gehen; die einzigen, die verrückt genug sind, um zu wissen, daß das Leben eine Raumfahrt ist, und zwar keine kurze, sondern eine, die Milliarden Jahre dauert. Ihr seid die einzigen, die den Mut haben, sich wirklich um die Zukunft Gedanken zu machen, die wirklich beachten, was uns Maschinen bedeuten, was Kriege uns bedeuten, was Städte uns bedeuten, was große einfache Ideen uns bedeuten, was große Mißverständnisse, Fehler, Unfälle und Katastrophen uns bedeuten. Ihr seid die einzigen, die verrückt genug sind, sich über Zeit und Entfernungen ohne Grenzen quälende Gedanken zu machen, über Mysterien, die nie aussterben, über die Tatsache, daß wir jetzt in diesem Augenblick entscheiden, ob die Raumfahrt für die nächsten Milliarden Jahre zum Himmel oder zur Hölle führen wird.«

Später gab Eliot zu, daß Science-Fiction-Autoren nicht ohne finanziellen Gewinn schreiben könnten, aber meinte, dies sei nicht so wichtig. Er sagte, sie seien auf jeden Fall Dichter, da sie wichtigen Veränderungen gegenüber aufgeschlossener seien als irgend jemand anders, der bloß gut schriebe. »Zum Teufel mit den talentierten Nabelbeschauern, die sehr zart über eine kleine Episode eines einzigen Lebens schreiben, wenn es um Milchstraßensysteme, Äonen und Trillionen noch ungeborener Seelen geht.«

»Ich hätte mir nur gewünscht, Kilgore Trout wäre gekommen«, sagte Eliot, »damit ich seine Hand drücken und ihm sagen könnte, daß er der größte lebende Schriftsteller ist. Mir ist gerade gesagt worden, er könne nicht kommen, weil er es sich nicht leisten kann, seinen

Arbeitsplatz zu verlassen. Und was für einen Arbeitsplatz gibt unsere Gesellschaft ihrem größten Propheten?« Eliot würgte und konnte sich einige Augenblicke lang nicht dazu bringen, Trouts Arbeitsplatz zu nennen. »Man hat ihn zum Lagerhausangestellten in einem Briefmarkentausch- und Aufwertungs-Zentrum in Hyannis gemacht!«

Das stimmte. Trout, Verfasser von siebenundachtzig Paperbacks, war ein armer Mann und unbekannt außerhalb des Gebiets der Science-Fiction. Er war sechsundsechzig Jahre alt, als Eliot so warmherzig über ihn sprach.

»In zehntausend Jahren«, prophezeite Eliot in seinem Rausch, »werden die Namen unserer Generale und Präsidenten vergessen sein, und der einzige Held unserer Zeit, an den man sich noch erinnert, wird der Verfasser von ›2BRO2B‹ sein.«

Dies war der Titel eins der Bücher Trouts – ein Titel, der sich bei näherer Untersuchung als die berühmte Frage Hamlets (»To be or not to be«) herausstellte.

Pflichtgemäß sah sich Mushari nach einem Exemplar des Buches für seine Akte um. Kein anständiger Buchhändler hatte je von Trout gehört. Seinen letzten Versuch unternahm Mushari bei einem Straßenhändler, der Schund-und-Schmutz-Literatur anbot. Dort, inmitten der simpelsten Pornographie, fand er zerschlissene Exemplare von jedem Buch, das Trout je geschrieben hatte. »2BRO2B«, das einst zum Preis von fünfundzwanzig Cent verkauft worden war, kostete jetzt fünf Dollar – was auch »Kamasutra« von Vatsjajana kostete.

Mushari blätterte im »Kamasutra«, dem lange unterdrückten orientalischen Liebeslehrbuch, und las folgendes:

»Wenn ein Mann aus den Säften der Kassia-Fistel und Eugenie Jambolina eine Art Salbe macht und das Pulver der Pflanzen Soma, Veronia Anthelminica, Eclipta Prostata, Lohopa-Juihirka damit vermischt und diese Mischung auf den Yoni einer Frau streicht, mit der er gerade Beischlaf halten will, wird er augenblicklich aufhören, sie zu lieben.«

Mushari sah darin nichts Spaßiges. Er sah in nichts etwas Spaßiges, derart tief war er in den völlig unverspielten Geist der Paragraphen und Gesetze versunken.

Und er war auch geistlos genug, sich vorzustellen, daß Trouts Bücher äußerst schmutzig waren, da sie zu derart hohen Preisen merkwürdigen Leuten bei einem solchen Händler verkauft wurden. Er verstand nicht, daß Trout nichts mit Pornographie gemeinsam hatte, sondern Phantasien über eine unglaublich gastfreundliche Welt schrieb.

Deshalb fühlte sich Mushari betrogen, als er in der Schmutz-Literatur herumwühlte, nach Sexuellem suchte und statt dessen etwas über Automation erfuhr. Trouts Lieblingsmethode war, eine absolut schreckliche Gesellschaft darzustellen, nicht unähnlich seiner eigenen, und dann gegen Ende Mittel vorzuschlagen, wie sie verbessert werden konnte. In »2BRO2B« sah er ein Amerika voraus, in dem fast alle Arbeit von Maschinen verrichtet wurde, und die einzigen Menschen, die überhaupt Arbeit fanden, hatten drei oder mehr Doktor-Titel. Außerdem gab es ein schweres Überbevölkerungsproblem.

Alle gefährlichen Krankheiten waren unter Kontrolle gekommen. Der Tod war freiwillig, und die Regierung hatte, um Freiwillige zum Selbstmord zu ermutigen, an jeder größeren Straßenkreuzung ein »Selbstmord-Gebäude für Moralisten« mit purpurfarbenem Dach errichtet, gleich neben orangefarbenen Speisehäusern. In jenen

Gebäuden gab es hübsche Stewardessen und bequeme Sofas, und man hatte die Wahl zwischen vierzehn verschiedenen schmerzlosen Todesmöglichkeiten. Diese Selbstmordgebäude waren gut besucht, weil sich so viele Leute überflüssig und wertlos vorkamen und weil es eine selbstlose patriotische Pflicht sein sollte, sich umzubringen. Die Selbstmörder erhielten nebenan in den orangefarbenen Speisehäusern eine letzte Mahlzeit – gratis.

Und so weiter. Trout hatte eine großartige Phantasie.

Einer der Männer fragte eine Todes-Stewardeß, ob er in den Himmel kommen würde, und sie bejahte dies natürlich. Er fragte, ob er Gott sehen würde, und sie erwiderte: »Gewiß, Liebling.«

Und er: »Ich hoffe auch. Ich möchte ihn etwas fragen, worauf ich hier unten nie eine Antwort bekommen habe.«

»Und das wäre?« fragte sie und band ihn fest.

»Zum Teufel, wofür sind die Menschen eigentlich da?«

In Milford erklärte Eliot den Schriftstellern, er wünschte, sie würden sich mehr mit Sexuellem und Wirtschaft und Stil abgeben, aber dann lenkte er ein und meinte, daß Leute, die sich mit wirklich großen Fragen beschäftigten, für solche Dinge nicht viel Zeit hätten.

Und es fiel ihm ein, daß noch nie ein wirklich gutes Science-Fiction-Buch über Geld geschrieben worden war. »Stellt euch nur mal vor, auf was für verrückte Weise mit Geld umgegangen wird!« sagte er. »Und zwar hier bei uns auf der Erde, und ihr braucht nicht einmal zum Planeten Tralfamadore in der Milchstraße 508 G der Anti-Materie zu fliegen, um unheimliche Kreaturen mit unglaublicher Macht zu finden. Schaut euch nur die Macht eines irdischen Millionärs an! Schaut mich an! Ich bin nackt geboren, genau wie ihr, aber du lieber Gott, Freunde und Nachbarn, ich kann jeden Tag Tausende von Dollars ausgeben!«

Er machte eine Pause, um einen eindrucksvollen Beweis seiner Zaubermacht abzulegen, und schrieb für jeden Anwesenden einen Scheck über zweihundert Dollar aus.

»Das ist auch etwas für eure Phantasie«, sagte er. »Und morgen geht ihr damit zur Bank, und dann ist es Wirklichkeit. Eigentlich ist es verrückt, daß ich so etwas tun kann, wo Geld doch so wichtig ist.« Er verlor einen Augenblick das Gleichgewicht, gewann es zurück und schlief dann fast im Stehen ein. Nur mit großer Mühe konnte er noch die Augen öffnen. »Ich überlasse das Nachdenken euch, Freunde und Nachbarn, und besonders dem unsterblichen Kilgore Trout: Denkt nach über die dümmliche Art und Weise, wie man heutzutage mit Geld umgeht, und dann denkt euch bessere Verfahren aus.«

Eliot torkelte aus Milford hinaus und fuhr per Anhalter nach Swarthmore in Pennsylvanien. Dort betrat er eine kleine Bar und verkündete, daß jeder, der das Abzeichen der Freiwilligen Feuerwehr vorzeigen könne, mit ihm umsonst trinken dürfe. Langsam ließ er sich vollaufen und erklärte, er sei tief gerührt von der Vorstellung eines bewohnten Planeten mit einer Atmosphäre, die sich mit fast allem, was den Bewohnern lieb war, gewaltsam verbinden wollte. Er sprach von der Erde und dem Element Sauerstoff.

»Wenn man darüber nachdenkt, Jungs«, sagte er mit gebrochener Stimme, »das ist es, was uns mehr als alles andere zusammenhält, vielleicht mit der Ausnahme der Schwerkraft. Wir wenigen, die wir glücklich sind, ein

Bund von Brüdern – verbunden in der schweren Aufgabe, unsere Lebensmittel, Häuser, Kleidung und unsere Lieben davor zu bewahren, sich mit Sauerstoff zu verbinden. Ich sag' euch, Jungs, ich hab' auch mal zur Freiwilligen Feuerwehr gehört, und ich würde jetzt noch dazu gehören, wenn es so was Menschliches, so was Humanitäres noch in New York City gäbe.« Das war natürlich Unsinn, daß Eliot einmal freiwilliger Feuerwehrmann gewesen sein wollte. Nur als Kind, wenn er den jährlichen Besuch im Landkreis Rosewater im Familienhaus gemacht hatte, hatten ihm die Speichellecker unter den Einwohnern damit geschmeichelt, ihn zum Maskottchen der Freiwilligen Feuerwehr zu machen.

»Ich sag' euch, Jungs«, fuhr er fort, »wenn die russischen Landungsboote eines Tages bei uns landen und es gibt keine Möglichkeit, sie aufzuhalten, dann laufen die ganzen Scheißkerle, die bei uns die guten Stellungen haben, weil sie anderen den Hintern lecken, zu den Eroberern 'runter und begrüßen sie mit Wodka und Kaviar und bieten sich an, jede Arbeit zu tun, die die Russen nur wollen. Und wißt ihr, wer sich mit Jagdmessern und Gewehren im Wald versteckt, wer noch hundert Jahre lang weiterkämpft? Die freiwilligen Feuerwehrmänner – und nur die.«

In Swarthmore wurde Eliot wegen Trunkenheit und Erregung öffentlichen Ärgernisses eingelocht. Als er am nächsten Morgen aufwachte, rief die Polizei seine Frau an. Er entschuldigte sich bei Sylvia und stahl sich nach Haus.

Aber innerhalb eines Monats war er schon wieder unterwegs und zechte eine Nacht lang mit Feuerwehrmännern in Clover Lick in West-Virginia und die nächste Nacht in

New Egypt in New Jersey. Und auf dieser Fahrt tauschte er seinen Anzug, einen Vierhundert-Dollar-Anzug, gegen einen 1939er blauen Zweireiher mit Fischgrätenmuster, mit Schultern wie Gibraltar, Aufschlägen wie Flügel des Erzengels Gabriel und mit Falten in den Hosen, die eingenäht waren.

»Du mußt verrückt sein«, sagte der Feuerwehrmann aus New Egypt.

»Ich will nicht wie ich selbst aussehen«, erwiderte Eliot. »Ich will aussehen wie du. Ihr seid das Salz der Erde, bei Gott. Ihr gehört zu den tüchtigsten Männern Amerikas, Männer in solchen Anzügen. Ihr seid die Seele der amerikanischen Infanterie.«

Und schließlich tauschte Eliot aus seinem Kleiderschrank alles außer seinem Frack, seinem Smoking und einem grauen Flanellanzug. Sein riesiger Kleiderschrank wurde zu einem deprimierenden Museum von Allerweltsanzügen, von Overalls, Anzügen von der Stange, Windjacken, Eisenhower-Jacken, Sporthemden. Sylvia wollte alles verbrennen, doch Eliot sagte ihr: »Verbrenne statt dessen meinen Frack, meinen Smoking und meinen grauen Flanellanzug.«

Eliot war ein schwerkranker Mann, sogar da schon, aber es gab niemanden, der ihn gezwungen hätte, sich behandeln zu lassen; und noch niemanden, der von dem Profit berauscht war, den man bei einem Beweis von Eliots Unzurechnungsfähigkeit machen konnte. Der kleine Norman Mushari war in jenen schwierigen Tagen erst zwölf, bastelte Flugzeuge, masturbierte und staffierte sein Zimmer mit Bildern von Senator Joe McCarthy und dessen Gehilfen Roy Cohn aus. Eliot Rosewater stand noch völlig außerhalb seines Gesichtskreises.

Sylvia, die unter reichen und charmanten Exzentrikern aufgewachsen war, war zu europäisch im Charakter, um ihn in eine Heilanstalt stecken zu lassen. Und der Senator war im größten politischen Kampf seines Lebens begriffen, als er nämlich die republikanischen Reaktionäre zusammenzuhalten versuchte, die durch die Wahl Dwight David Eisenhowers zum Präsidenten erschüttert worden waren. Als man ihm von dem bizarren Leben seines Sohns berichtete, weigerte er sich, sich Sorgen zu machen, weil ja der Junge gut erzogen worden war. »Er hat Charakter, er hat Rückgrat«, sagte der Senator. »Er macht Experimente. Er wird wieder vernünftig werden, wenn es Zeit dazu ist. Unsere Familie hat nie einen chronischen Alkoholiker oder einen chronischen Verrückten hervorgebracht und wird es auch nicht.«

Nach diesen Worten betrat er den Senat und hielt seine bekannte Rede über Roms Goldenes Zeitalter, in der er unter anderem folgendes bemerkte:

»Ich möchte vom Kaiser Oktavian sprechen, von Cäsar Augustus, wie er später genannt wurde. Dieser große Humanitarier – und er war im tiefsten Sinne des Wortes ein Humanitarier – riß die Zügel des Römischen Reiches an sich in einer Periode des Zerfalls, die der unseren sehr ähnlich ist. Hurerei, Scheidungen, Alkoholismus, Liberalismus, Homosexualität, Pornographie, Abtreibungen, Käuflichkeit, Mord, Gangstertum in den Gewerkschaften, Jugendkriminalität, Feigheit, Atheismus, Wucher, Verleumdungen und Diebstahl waren geradezu Mode. Rom war ein Paradies für Gangster, Verführer und Faulenzer, genau wie es Amerika heute ist. Wie im heutigen Amerika wurden Gesetzeshüter in aller Öffentlichkeit vom Pöbel angegriffen, Kinder gehorchten ihren Eltern nicht mehr und hatten keine Achtung für ihr Land, und keine anständige Frau war noch auf der Straße sicher, nicht einmal zur Mittagszeit! Und gerissene, halsabschneiderische, mit Bestechungen arbeitende Ausländer hatten überall Oberwasser. Und der Boden unter den Füßen der großstädtischen Geldwechsler waren die ehrlichen Farmer, das Rückgrat der römischen Armee und der römischen Seele.

Was war zu tun? Nun, damals gab es schwachköpfige Liberale, wie es heute aufgeblasene Liberale gibt, und die sagten, was die Liberalen immer sagen, nachdem sie eine große Nation zu einem solchen gesetzlosen, genußsüchtigen, babylonischen Zustand geführt haben: ›Niemals hat es besser um uns ausgesehen! Betrachtet eure Freiheit! Betrachtet eure Gleichheit! Seht, wie geschlechtliche Heuchelei vertrieben worden ist! Früher haben die Menschen Knoten in ihrem Gefühlsleben gehabt, wenn sie an Vergewaltigung und Beischlaf dachten. Heute können sie beides ungehemmt ausführen!‹ Und was hatten die bösen, düsteren, bitter-ernsten Konservativen jener glücklichen Tage zu sagen? Nun, nicht viele waren übriggeblieben. Sie starben hochbetagt und belächelt aus. Und ihre Kinder wurden aufgehetzt von den Liberalen, den Händlern mit künstlichem Sonnenschein und faulem Zauber, den Allesversprechern und Nichtsgebern, den Leuten, die angeblich jeden liebten, einschließlich der Barbaren, die die Barbaren sogar so sehr liebten, daß sie ihnen alle Tore öffneten, alle Soldaten die Waffen niederlegen und die Barbaren hereinkommen lassen wollten! Das war das Rom, in das Cäsar Augustus heimkehrte, nachdem er jene beiden Geschlechtswahnsinnigen, Antonius und Kleopatra, in der großen Seeschlacht von Aktium geschlagen hatte. Ich glaube kaum, daß ich Ihnen die Dinge rekonstruieren muß, über die er nachdachte, als er sich Rom anschaute, das er regieren sollte. Geben wir uns einen Augenblick lang dem Schweigen hin, daß ein jeder über unsere heutige Lage denke, was er möchte.«

Er schwieg einen Augenblick, etwa dreißig Sekunden, was einigen wie tausend Jahre vorkam.

»Und welche Methoden wandte Cäsar Augustus an, um sein unordentliches Haus in Ordnung zu bringen? Er tat das, wovor man uns immer warnt und was wir niemals tun sollen, weil es niemals gut ginge: er führte die Moral in die Gesetze ein, und er setzte diese angeblich unmöglichen Gesetze mit Hilfe einer Polizei durch, die grausam und ohne Lächeln war. Für jeden Römer war es nun verboten, sich wie ein Schwein aufzuführen. Hören Sie mich? Es war ihm verboten! Und Römer, die dabei erwischt wurden, daß sie sich wie Schweine aufführten, wurden an den Daumen aufgehängt, in Brunnen geworfen, Löwen vorgeworfen oder mußten andere Dinge durchmachen, die ihnen beibrachten, sich anständiger und verantwortungsvoller als zuvor zu benehmen. Hat es funktioniert? Und wie! Wie durch ein Wunder verschwanden die Schweine!

Und wie nennen wir jene Zeit, die auf diese heute unvorstellbare Unterdrückung folgte? Nichts mehr und nichts weniger, liebe Freunde und Nachbarn, als ›Das Goldene Zeitalter Roms‹.

Schlage ich vor, daß wir diesem blutrünstigen Beispiel folgen? Natürlich tue ich dies. Es ist kaum ein Tag vergangen, an dem ich nicht auf irgendeine Weise gesagt habe: ›Laßt uns die Amerikaner dazu zwingen, so gut zu sein, wie sie es sollen.‹ Bin ich dafür, daß man korrupte Gewerkschaftler den Löwen vorwirft? Nun, um jenen, die so viel Befriedigung daraus erlangen, wenn sie sich vorstellen, ich sei mit prähistorischen Schuppen bedeckt, ein wenig Spaß zu verschaffen, sage ich: ›Jawohl. Ganz und gar. Heute nachmittag noch, wenn es möglich ist.‹ Aber um meine Kritiker nun zu enttäuschen, lassen Sie mich hinzufügen, ich mache nur Spaß. Ich habe nichts für grausame und ungewöhnliche Strafen übrig, nicht im geringsten. Im Gegenteil, ich berausche mich an der Tatsache, daß es Mohrrübe und Stock schaffen, einen Esel vorwärts zu treiben, und daß vielleicht diese meine Entdeckung im Zeitalter der Raumfahrt auf die Welt der Menschen angewandt werden wird.«

Und so weiter. Der Senator erklärte, daß Mohrrübe und Stock in das System der Freien Marktwirtschaft, wie es von den Gründungsvätern der Republik entworfen worden war, eingebaut seien; aber daß Schwärmer, die meinten, man brauche in der Welt keine Mühe mehr auf sich zu nehmen, die Logik des Systems völlig verkehrt hätten. Summa summarum erklärte der Senator:

»Ich sehe zwei Möglichkeiten. Wir können entweder die Moral in die Gesetze einführen und diese streng durchsetzen, oder wir können zu einer wahren Freien Marktwirtschaft zurückkehren, in die die Schwimm-oder-Versauf-Gerechtigkeit des Cäsar Augustus schon eingebaut ist. Ich ziehe die letztere Möglichkeit entschieden vor. Wir müssen hart sein, denn wir müssen wieder eine Nation von Schwimmern werden, in der die Versaufenden sich selbst aus dem Wege räumen. Ich habe eben von einer anderen schweren Zeit in der Geschichte des Altertums gesprochen. Sollten Sie die Bezeichnung jener Epoche vergessen haben, werde ich Ihr Gedächtnis auffrischen: ›Das Goldene Zeitalter Roms‹, meine Freunde und Nachbarn, ›Das Goldene Zeitalter Roms‹.«

Was Freunde betraf, die Eliot in seiner schwierigen Zeit hätten helfen können: er hatte keine. Seine reichen Freunde vertrieb er, indem er ihnen sagte, was sie ihr eigen nannten, besäßen sie nur ihres blinden Glücks wegen. Er bescheinigte seinen Künstlerfreunden, daß die einzigen Leute, die ihren Werken Aufmerksamkeit zollten, reiche Leute mit dicken Hintern seien, die sonst nichts zu tun hätten. Er fragte seine Gelehrtenfreunde: »Wer hat Zeit, den ganzen langweiligen Unsinn zu lesen, den ihr schreibt, und den langweiligen Dingen zuzuhören, die ihr redet?« Er vertrieb seine Freunde in den Wissenschaften, indem er ihnen überschwenglich für den wissenschaftlichen Fortschritt dankte, über den er in Zeitungen und Zeitschriften las, und ihnen mit völlig unbewegtem Gesicht versicherte, das Leben würde tatsächlich jeden Tag besser – auf Grund wissenschaftlichen Denkens.

Und dann unterzog sich Eliot einer psychoanalytischen Behandlung. Er schwor dem Trinken ab, gab wieder etwas auf sein Aussehen, begeisterte sich für Kunst und Wissenschaft und gewann viele Freunde zurück.

Sylvia war niemals glücklicher. Doch dann, ein Jahr nach Beginn der Behandlung, wurde sie durch einen Telefonanruf von Eliots Psychoanalytiker überrascht. Er gab den Fall auf, weil, seiner festen Meinung nach, Eliot nicht mehr zu behandeln war.

»Aber Sie haben ihn doch geheilt!«

»Wenn ich ein Quacksalber aus Los Angeles wäre, gnädige Frau, würde ich dies untertänigst bejahen. Ihr Gatte hat jedoch eine solch energisch von ihm verteidigte Neurose, wie ich sie noch nie zuvor zu heilen versucht habe. Worin diese Neurose besteht, weiß ich beim besten Willen nicht. Während der Behandlung eines ganzen Jahres ist es mir nicht einmal gelungen, auch nur die äußere Haut seines Panzers anzukratzen.«

»Aber er kommt doch immer nach der Behandlung so fröhlich nach Haus!«

»Wissen Sie, worüber wir reden?«

»Ich hatte mir gedacht, es wäre besser, ich frage nicht.«

»Über amerikanische Geschichte! Er ist ein äußerst kranker Mensch, der unter anderem seine Mutter getötet und einen schrecklichen Tyrannen als Vater hat. Und worüber spricht er, wenn ich ihn dazu auffordere, seine Gedanken überall dahin schweifen zu lassen, wohin sie nur wollen? Amerikanische Geschichte.«

Die Feststellung, Eliot habe seine geliebte Mutter getötet, war auf eine gewisse Weise richtig. Als er neunzehn war, nahm er seine Mutter auf eine Segelbootfahrt im Hafen von Cotuit mit. Er legte das Segel beim Kreuzen um. Der schwere Baum warf seine Mutter über Bord. Eunice Morgan Rosewater versank wie ein Stein.

»Ich frage ihn, wovon er träumt«, fuhr der Arzt fort, »und er antwortet mir, von Samuel Gompers, Mark Twain und Alexander Hamilton. Ich frage ihn, ob sein Vater je in seinen Träumen erscheint, und er antwortet, nein, aber Thorsten Veblen des öfteren. Mrs. Rosewater, ich habe verloren. Ich gebe auf.«

Eliot schien durch die Absage des Arztes lediglich amüsiert. »Es ist eine Heilung, die er nicht versteht, darum weigert er sich zuzugeben, daß es überhaupt eine Heilung ist«, sagte er leichthin.

An jenem Abend gingen Sylvia und er in die Metropolitan-Oper zur Premiere einer neuen Inszenierung von »Aida«. Die Rosewater-Stiftung hatte die

Kostüme bezahlt. Eliot sah einfach blendend aus, groß gewachsen, im Frack, sein rundes Gesicht war rosig, und seine blauen Augen blitzten von geistiger Hygiene.

Alles ging gut bis zur letzten Szene der Oper, während der Held und Heldin in der Gruft eingemauert werden. Als das zum Sterben verurteilte Paar noch einmal die Lungen füllte, rief ihnen Eliot zu: »Ihr lebt viel länger, wenn ihr nicht mehr singt!« Eliot stand auf, lehnte sich weit aus der Loge vor und sagte zu den Sängern: »Vielleicht versteht ihr nichts von Sauerstoff, aber ich. Glaubt mir, ihr dürft nicht singen.«

Eliots Gesicht wurde bleich und leer. Sylvia zog an seinem Ärmel. Er sah sie verwirrt an und hatte nichts dagegen, daß sie ihn hinausführte, was ihr so leicht fiel, als halte sie einen Luftballon in der Hand.

Drittes Kapitel

Norman Mushari erfuhr, daß Eliot nach der Aida-Aufführung wiederum verschwand; an der Ecke der Zweiundvierzigsten Straße und der Fifth Avenue sprang er einfach aus dem Taxi.

Zehn Tage später erhielt Sylvia einen Brief, der auf dem Briefpapier der Freiwilligen Feuerwehr von Elsinore in Kalifornien geschrieben worden war. Der Name des Ortes – Elsinore, Helsingör – veranlaßte Eliot, sich über sich selbst von neuem Gedanken zu machen, und er kam zu dem Ergebnis, er ähnele sehr Shakespeares Hamlet.

»Liebe Ophelia,

Elsinore ist nicht genau das, was ich erwartet habe, oder vielleicht gibt es mehr Orte mit diesem Namen und ich bin zum falschen gekommen. Die Fußballmannschaft der Oberschule nennt sich ›Die kämpfenden Dänen‹. In umliegenden Ortschaften kennt man sie unter dem Namen ›Die traurigen Dänen‹. In den vergangenen drei Jahren haben sie ein Spiel gewonnen, zwei unentschieden gespielt und vierundzwanzig verloren. So etwas passiert wohl, glaube ich, wenn Hamlet zum Mittelläufer gemacht wird.

Ehe ich aus dem Taxi stieg, hast Du mir noch gesagt, wir sollten uns vielleicht scheiden lassen. Ich hatte nicht gewußt, daß ich Dir das Leben derart schwer gemacht habe. Aber ich weiß, daß ich nur sehr langsam begreife, und ich finde es noch immer schwer zu begreifen, daß ich ein Alkoholiker bin, obwohl es doch sogar Fremde sofort sehen.

Vielleicht schmeichle ich mir, wenn ich annehme, daß ich mit Hamlet einiges gemeinsam und eine wichtige Aufgabe habe, nur im Augenblick nicht genau weiß, wie ich sie ausführen soll. Hamlet hatte mir gegenüber einen großen Vorteil. Der Geist seines Vaters sagte ihm genau, was er tun mußte, aber ich habe keine solchen Hinweise. Doch von irgendwoher versucht irgend etwas, mir beizubringen, wohin ich gehen soll, was ich dort tun soll und weswegen. Mach Dir keine Sorgen, Stimmen höre ich nicht. Immerhin ist jenes Gefühl in mir, ich hätte eine Mission auszuführen – weit weg von dem flachen und verdrehten Getue, worin unser Leben in New York besteht. Und ich wandere weiter.

Und ich wandere weiter.«

Der junge Mushari war enttäuscht, als er las, Eliot höre *keine* Stimmen. Doch der Brief schien auf jeden Fall der eines Irren. Eliot beschrieb auch die Feuerwehrwagen in Elsinore, als interessiere sich Sylvia für solche Details.

»Hier werden die Feuerwehrwagen mit gelben und schwarzen Streifen bemalt, wie Tiger. Sehr auffällig! Man setzt dem Wasser Chemikalien zu, so daß es durch alle Wände dringt, um an das Feuer zu kommen. Das ist natürlich sehr vernünftig, vorausgesetzt, die Chemikalien schaden den Pumpen und Schläuchen nicht. Man hat sie noch nicht lange genug verwendet, um das wirklich zu wissen. Ich habe den Leuten gesagt, sie sollten an den Pumpenfabrikanten schreiben und ihm erklären, was sie täten, und sie wollen das auch tun. Man hält mich für einen sehr großen freiwilligen Feuerwehrmann von weit weg aus dem Osten. Großartige Leute sind das hier! Ganz anders als die Windmacher und Tanzmeister, die an die Türen der Rosewater-Stiftung klopfen. Die sind wie die Amerikaner, die ich im Krieg kennenlernte.
Sei geduldig, Ophelia.

In Liebe
Hamlet.«

Von Elsinore fuhr Eliot nach Vashti in Texas und wurde dort bald verhaftet. Er wurde ins Spritzenhaus von Vashti gesteckt, staubbedeckt, unrasiert. Zu einigen Müßiggängern sprach er darüber, daß die Regierung den Reichtum des Landes gleichmäßig verteilen sollte, damit nicht einige mehr hätten, als sie brauchen könnten, und andere gar nichts.

Unter anderem sagte er: »Wißt ihr, meiner Ansicht nach ist der Hauptzweck von Armee, Marine und Landetruppen der, arme Amerikaner in saubere, ungeflickte

Sachen zu stecken, so daß es reiche Amerikaner überhaupt ertragen, sich die Soldaten anzusehen.« Er sagte auch etwas von Revolution. Der Gedanke war ihm gekommen, es könnte vielleicht eine Revolution in etwa zwanzig Jahren geben, und er meinte, das wäre gut, vorausgesetzt, daß Infanterie-Veteranen und freiwillige Feuerwehrmänner sie anführten.

Ins Gefängnis kam er als ein »verdächtiges Individuum«. Doch nach einer Reihe von dunklen Fragen und Antworten ließ man ihn wieder gehen. Er mußte versprechen, nie wieder nach Vashti zurückzukehren.

Eine Woche später tauchte er in New Vienna im Staate Iowa auf. Er schrieb einen weiteren Brief an Sylvia, und zwar wiederum auf dem Briefpapier der dortigen Feuerwehr. Sylvia nannte er »die geduldigste Frau in der Welt« und erklärte, ihre Nachtwache sei fast vorüber.

»Ich weiß jetzt, wohin ich gehen muß. Und dorthin gehe ich mit der größtmöglichen Geschwindigkeit! Ich werde Dich von dort anrufen! Vielleicht werde ich dort immer bleiben. Noch ist es mir nicht klar, was ich tun muß, wenn ich dort bin. Aber das wird sich schon noch herausstellen. Wie Schuppen fällt es mir von den Augen!

Nebenbei bemerkt habe ich der Feuerwehr hier gesagt, man könnte doch versuchen, gewisse Chemikalien ins Wasser zu tun, doch sollte man zuvor dem Pumpenfabrikanten schreiben. Die Idee gefällt ihnen. Bei der nächsten Versammlung will man es besprechen. Sechzehn Stunden habe ich nichts getrunken! Und ich vermisse das Gift überhaupt nicht! Hurra!«

Als Sylvia diesen Brief erhielt, ließ sie sofort ein Bandaufnahmegerät an ihr Telefon anschließen – eine weitere gute Chance für Norman Mushari. Sylvia hatte dies getan, weil sie dachte, Eliot sei endgültig und unwiderruflich verrückt geworden. Wenn er anrief, wollte sie alles festhalten, was ihr seinen Aufenthaltsort und seinen Zustand verraten könnte, um ihn festnehmen zu lassen.

Der Anruf kam.

»Ophelia?«

»Ach Eliot, Eliot – wo bist du, Liebling?«

»In Amerika – unter den verkommenen Söhnen und Enkeln unserer Vorväter.«

»Aber wo? Aber wo?«

»Allüberall – in einer Telefonzelle aus Aluminium und Glas in einer traurigen kleinen amerikanischen Allerweltsstadt, und ich habe amerikanische Fünfer, Groschen und Fünfundzwanzigcentstücke vor mir auf dem kleinen grauen Brett. Auf dem kleinen grauen Brett steht, mit Kugelschreiber geschrieben, eine Botschaft.«

»Und wie lautet die Botschaft?«

»›Sheila Taylor macht sich über Männer bloß lustig.‹ Das stimmt sicherlich.«

Durchs Telefon dröhnte die Hupe eines Busses. »Horch«, sagte Eliot. »Ein Greyhound-Bus hat sein Horn wie eine römische Trompete geblasen, vor der Haltestelle, einem Süßwarenladen. Und sieh! Ein alter Amerikaner kommt herausgewackelt. Niemand sagt ihm Lebewohl, er schaut auch nicht rechts oder links die Straße hinunter nach irgendeinem, der ihm Lebewohl sagen könnte. Er hat ein braunes Paket, mit Bindfaden umwickelt. Er fährt irgendwohin, sicherlich um zu sterben.

Er nimmt Abschied von der einzigen Stadt, in der er je gewesen ist, von dem einzigen Leben, das er je gelebt hat. Aber er denkt nicht daran, dem Universum Lebewohl zu sagen. Sein ganzes Wesen hat nur das eine Ziel, den mächtigen Busfahrer nicht zu kränken, der wütend von seinem blauen Lederthron herniederschaut. Hops! Schlimm! Der alte Amerikaner ist in guter Laune eingestiegen, doch kann er jetzt den Fahrschein nicht finden. Schließlich findet er ihn doch, zu spät, zu spät. Der Fahrer ist voller Zorn. Er schlägt die Tür zu, fährt mit wilden Gangschaltungen ab, hupt eine alte amerikanische Frau an, die gerade über die Straße möchte, klappert mit den Fenstern. Haß, Haß, Haß.«

»Eliot – gibt es dort einen Fluß?«

»Meine Telefonzelle liegt in dem breiten Tal eines offenen Abwassers, das der Ohio-Fluß genannt wird. Er liegt etwa dreißig Meilen gen Süden. Karpfen, so groß wie Atom-Unterseeboote, mästen sich im Schlamm der Söhne und Enkel unserer Vorväter. Jenseits des Flusses liegen die einst grünen Hügel von Kentucky, dem Gelobten Land von Daniel Boone, doch jetzt zerklüftet und zerschnitten von Kohlenminen, von denen einige einer karitativen und kulturellen Stiftung gehören, die von einer interessanten alten amerikanischen Familie namens Rosewater gegründet worden ist.

Auf jener Seite des Flusses sind die Besitztümer der Rosewater-Stiftung verteilt. Auf dieser Seite dagegen, um meine Telefonzelle herum, in einem Umkreis von etwa fünfzehn Meilen, gehört der Stiftung fast alles. Die Stiftung hat jedoch den blühenden Handel mit Regenwürmern weiterhin geduldet. An jedem Haus kann man lesen: ›Regenwürmer zu verkaufen‹.

Die Hauptindustrie hier, abgesehen von Schweinen und Regenwürmern, beschäftigt sich mit der Herstellung von Sägen. Natürlich gehört auch die Sägenfabrik der Stiftung. Weil Sägen hier so wichtig sind, nennt man die Sportler der Noah-Rosewater-Oberschule ›Kämpfende

Sägenmacher‹. Aber es sind nur noch wenige Sägenmacher übrig. Die Sägenfabrik ist fast völlig automatisiert. Wer mit einem Spielautomaten umgehen kann, kann auch die Fabrik leiten und zwölftausend Sägen machen.

Ein junger Mann, einer der ›Kämpfenden Sägenmacher‹ im Alter von etwa achtzehn Jahren, spaziert gleichgültig an meiner Telefonzelle vorbei; er trägt die heiligen Farben der Schule, Blau und Weiß. Er sieht gefährlich aus, doch er würde keiner Seele etwas zuleide tun. In der Schule war er am besten in den beiden Fächern Bürgerkunde und Probleme der Modernen Amerikanischen Demokratie – in beiden hatte er seinen Basketballtrainer als Lehrer. Er weiß, daß jede Gewalttat nicht nur die Republik, sondern auch sein eigenes Leben ruinieren würde. In Rosewater gibt es für ihn keine Arbeit. Es gibt überhaupt verdammt wenig Arbeit für ihn, wo er auch hinkommt. Oft hat er Mittel zur Schwangerschaftsverhütung bei sich, was viele Leute alarmierend und abstoßend finden. Dieselben Leute finden es alarmierend und abstoßend, daß der Vater des Jungen *keine* Mittel zur Schwangerschaftsverhütung verwendete. Ein Kind mehr, verdorben durch den Nachkriegswohlstand, ein weiterer kleiner Prinz mit Glotzaugen. Jetzt trifft er sich mit seinem Mädchen, das nicht viel über vierzehn ist – eine Kleopatra aus einem Woolworth-Laden, eine kleine Hure. Gegenüber ist das Feuerwehrhaus – vier Züge, drei Betrunkene, sechzehn Hunde und ein fröhlicher nüchterner Mann mit einem Kanister Autopoliermittel.«

»Ach, Eliot, Eliot – komm doch nach Haus!«

»Verstehst du denn nicht, Sylvia? Ich *bin* zu Haus. Jetzt weiß ich, daß dies hier schon immer mein Zuhause gewesen ist – die Stadt Rosewater, der Bezirk Rosewater, der Landkreis Rosewater, der Staat Indiana.«

»Und was willst du dort tun, Eliot?«

»Ich werde mich um die Leute hier kümmern.«

»Das – das ist sehr nett von dir«, sagte Sylvia trübe. Sylvia war ein blasses und zartes Mädchen, kultiviert und schwächlich. Sie spielte Cembalo, sprach fließend sechs Sprachen. Als Kind und jüngere Frau war sie im Haus der Eltern vielen großen Männern ihrer Zeit begegnet – Picasso, Schweitzer, Hemingway, Toscanini, Churchill, de Gaulle. Im Landkreis Rosewater war sie nie gewesen, hatte keine Ahnung, was man dort mit so vielen Regenwürmern machte, wußte auch nicht, daß es überhaupt Land gab, das derart flach sein konnte, und derart langweilige Menschen.

»Ich schaue mir diese Menschen, diese Amerikaner an«, fuhr Eliot fort, »und ich muß feststellen, daß sie nicht mehr selbst für sich sorgen können – sie wissen nicht mehr, was sie mit sich anfangen sollen. Die Fabrik, die Farmen, die Minen jenseits des Flusses – alles ist jetzt fast völlig automatisiert. Und Amerika braucht diese Menschen nicht einmal für den Krieg – nicht mehr. Sylvia, ich will Künstler werden.«

»Künstler?«

»Ich will diese verlorenen Amerikaner lieben, obgleich sie unnütz sind und reizlos. *Das* wird meine Kunst sein.«

Viertes Kapitel

Der Landkreis Rosewater, die Leinwand, die Eliot mit Liebe und Verstehen bemalen wollte, bestand aus einem Rechteck, auf dem andere Männer – hauptsächlich Rosewaters – bereits einige kühne Entwürfe gemacht hatten. Eliots Vorfahren hatten nämlich Straßen gebaut, von denen die eine Hälfte von Osten nach Westen und die andere von Norden nach Süden lief. Ein stehender Kanal, vierzehn Meilen lang, teilte den Landkreis genau in der Mitte und hörte an den Grenzen auf. Eliots Urgroßvater hatte diese Zutat an Wirklichkeit hinzugegeben; sonst bestand die Wirklichkeit hier nur aus Wertpapier-Vorstellungen, zu denen der Kanal gehörte, der Chicago, Indianapolis, Rosewater und den Ohio-Fluß verbinden sollte. In dem Kanal schwammen jetzt Fische aller Art, darunter Karpfen. An Leute, die interessiert waren, solche Fische zu angeln, wurden Regenwürmer verkauft.

Die Vorfahren vieler dieser Regenwurmhändler waren Aktienbesitzer des Rosewater-Zwischenstaatlichen-Schiffskanals gewesen. Als das Projekt fehlschlug, verloren einige von ihnen ihre Farmen, die von Noah Rosewater aufgekauft wurden. Eine utopische Gemeinschaft im Südwesten des Landkreises, New Ambrosia, investierte alles, was sie hatte, in diesen Kanal, und verlor auch alles. Es waren Deutsche, Kommunisten und Atheisten, die an Gruppenheirat, absolute Wahrheit, absolute Sauberkeit und absolute Liebe glaubten. Jetzt waren sie in alle Winde zerstreut, wie die wertlosen Wertpapiere, die ihren Besitz am Kanal dargestellt hatten. Niemand bedauerte, als sie wegzogen. Ihr einziger Beitrag zur Wirtschaft des Landkreises, der noch zu Eliots Zeiten weiterwirkte, war die Brauerei, die zur »Rosewater Goldenes Lager Ambrosia Bierbrauerei« geworden war. Auf dem Schildchen jeder Bierbüchse war ein Bild jenes Himmels auf Erden, den die Neu-Ambrosianer einmal hatten errichten wollen. Die Traumstadt hatte Türme. Die Türme hatten Blitzableiter. Der Himmel war voller Cherubim.

Die Stadt Rosewater lag genau in der Mitte des Landkreises. Genau in der Mitte der Stadt lag der Parthenon, ein Tempel, gebaut aus solidem roten Backstein, mit Säulen und allem Drum und Dran. Das Dach bestand aus grünem Kupfer. Der Kanal floß durch den Tempel, und in der Vergangenheit waren auch die Eisenbahnlinien verschiedener Gesellschaften dort verlaufen. Als Eliot und Sylvia sich dort niederließen, existierten nur noch der Kanal und eine einzige Eisenbahnlinie, und die letzte war bankrott, und ihre Schienen waren braun.

Westlich des Tempels lag die alte Rosewater-Sägenfabrik, ebenfalls aus rotem Backstein und auch mit grünem Dach. Der Dachfirst war kaputt, die Fenster ohne Glas: ein New Ambrosia für Schwalben und Fledermäuse. Die Turmuhr hatte keine Zeiger mehr. Die große Messingsirene war von Vogelnestern erstickt.

Östlich des Tempels lag das Gericht des Landkreises, wiederum aus rotem Backstein und wiederum mit grünem Dach. Drei der vier Uhren hatten noch Zeiger, doch sie bewegten sich nicht. Wie ein Geschwür am Ende eines toten Zahns hatte sich ein Laden irgendwie im Keller dieses öffentlichen Gebäudes etabliert. Ein kleines rotes Neonlicht kündete davon. »Bellas Schönheits-Salon« las man. Bella wog zweihundertdreiundachtzig Pfund.

Östlich des Gerichts lag der »Samuel Rosewater Veteranen Erinnerungs Park«. Darin standen ein Flaggenmast und ein Kriegerdenkmal. Das Kriegerdenkmal bestand aus einer Sperrholzplatte, etwa ein Meter zwanzig mal zwei Meter vierzig groß und schwarz angemalt. Aufgehängt war die Platte an einem Eisenrohr und überdacht von einer fünf Zentimeter breiten Leiste. Alle Namen von Männern von Rosewater, die ihr Leben für's Vaterland gegeben hatten, waren darauf verzeichnet.

Die anderen Gebäude waren das Rosewater-Landhaus und das Bedientenhaus, die etwas erhöht auf einer künstlichen Erhebung am Ostende des Parks – umgeben von Eisengittern – lagen, sowie die Noah-Rosewater-Oberschule der »Kämpfenden Sägenmacher« am Südende. Nördlich lag das alte Rosewater-Opernhaus, ein enorm feuergefährlicher Holzbau, der zur Feuerwehrwache umgebaut worden war. Der Rest bestand aus Aborten, Schuppen, Alkoholismus, Unwissenheit, Idiotie und Perversionen; denn das, was im Landkreis Rosewater gesund und fleißig und intelligent war, hatte die Hauptstadt des Landkreises verlassen.

Die neue Rosewater-Sägenfabrik, ganz aus gelben Ziegeln und ohne Fenster, lag in einem Maisfeld halbwegs zwischen Rosewater und New Ambrosia. Sie war durch neue, glitzernde Gleise mit der New York Central-Eisenbahnlinie und außerdem mit einer zweibahnigen Autobahn verbunden, die elf Meilen an der Hauptstadt des Landkreises vorüberführte. An der Autobahn lagen das Rosewater-Motel sowie die Rosewater-Kegelbahn und die Getreidesilos und Viehfarmen. Und die wenigen hochbezahlten Agronomen, Ingenieure, Brauer, Buchhalter und Verwalter, die das Geschäft in Gang hielten, wohnten in einer in sich abgeschlossenen Gruppe teurer Ranch-Häuser in einem weiteren Maisfeld bei New Ambrosia, eine Gemeinschaft, die sich aus unerfindlichem Grund »Avondale« nannte. Alle Häuser hatten mit Gas erleuchtete Patios, die aus Eisenbahnschwellen der alten Nickel-Plate-Eisenbahnlinie gebaut waren.

Für die anständigen Bewohner von Avondale bedeutete Eliot soviel wie ein konstitutioneller Monarch. Sie waren Angestellte der Rosewater-Gesellschaft, und die Besitztümer, die sie verwalteten, gehörten der Rosewater-Stiftung. Eliot konnte ihnen zwar nicht sagen, was sie tun sollten – doch ohne Zweifel war er der König, und Avondale wußte das.

Als also König Eliot und Königin Sylvia im Rosewater-Landhaus einzogen, wurden sie mit Ehrenbezeigungen aus Avondale überschüttet – Einladungen, Besuchen, schmeichelhaften Briefen und Anrufen. Alles dies wurde mit Distanz behandelt. Eliot verlangte von Sylvia, daß sie alle erwartungsvollen Besucher mit dem Gesichtsausdruck flacher, geistesabwesender Herzlichkeit empfing. Die Frauen von Avondale verließen das Landhaus steif, als hätten sie, meinte Eliot hämisch, eine Gurke im Hintern.

Es war interessant, daß die technokratischen Streber von Avondale die Ansicht verkraften konnten, sie würden von den Rosewaters verächtlich behandelt, weil diese sich ihnen überlegen fühlten. Sie freuten sich sogar über diese Situation und diskutierten sie immer wieder. Sie waren offen für Lehren seitens der snobistischen Oberschicht, und Eliot und Sylvia schienen sie ihnen zu geben.

Aber dann holten der König und die Königin das Familienkristall, Silberbestecke und Goldschüsseln aus den feuchten Tresoren der Rosewater-Bundes-Kreisbank und begannen, verschwenderische Gesellschaften für alle Trottel, Perversen und Kümmerlinge und die Arbeitslosen zu geben. Ohne zu ermüden, hörten sie sich Erzählungen über Ängste und Träume von Leuten an, die nach Maßgabe fast eines jeden besser dran gewesen wären, tot zu sein; sie schenkten ihnen ihr Mitleid und kleine Summen Geld. Die einzige von Mitleid nicht berührte Seite ihres gesellschaftlichen Lebens bezog sich auf die Freiwillige Feuerwehr von Rosewater. Eliot wurde bald zum Feuerwehr-Leutnant ernannt, und Sylvia wurde zur Präsidentin der Weiblichen Hilfsfeuerwehr ernannt. Sylvia hatte zwar nie zuvor eine Kegelkugel berührt, doch sie wurde auch noch zum Kapitän der Weiblichen Kegelreserve gemacht.

Avondales klammer Respekt vor der Monarchie verwandelte sich bald in unglaubliche Verachtung und dann in Raserei. Roheiten, Trunksucht, Ehebruch und Überheblichkeit nahmen stark zu. Die Stimmen von Avondale nahmen die Schärfe von Bandsägen an, die galvanisierten Zinn durchsägten, wenn man über den König und die Königin sprach, so als hätte man eine Tyrannei beseitigt. Avondale war nicht mehr eine Ansiedlung von aufstrebenden jungen Prokuristen; sie war bevölkert von energischen Mitgliedern der wahren herrschenden Klasse.

Fünf Jahre später erlitt Sylvia einen Nervenzusammenbruch und brannte das Feuerwehrhaus ab. Das republikanische Avondale war angesichts der royalistischen Rosewaters derart sadistisch geworden, daß es nur noch lachte.

Sylvia fand Aufnahme in einer privaten Nervenklinik in Indianapolis, in die sie von Eliot und Charley Warmergran, dem Feuerwehrhauptmann, gebracht wurde, und zwar in Charleys Auto, einem roten Henry J. (Ford) mit einer Sirene am Dach. Sie übergaben sie Dr. Ed Brown, einem jungen Psychiater, der sich später damit einen Namen machte, daß er Sylvias Krankheit beschrieb. In seinem Aufsatz nannte er Eliot und Sylvia »Mr. und Mrs. Z.«, und die Stadt Rosewater nannte er »Hometown, USA«. Für Sylvias Krankheit prägte er ein neues Wort: »Samaritrophia«, was seiner Auslegung nach bedeutete:

»Hysterische Gleichgültigkeit gegenüber denjenigen, die weniger glücklich als man selbst sind.«

Norman Mushari las jetzt Dr. Browns Abhandlung, die sich ebenfalls in den Akten von McAllister, Robjent, Reed und McGee befand. Seine Augen waren feucht und weich und braun, und er sah die Druckseiten, wie er die Welt sah, nämlich wie durch einen Liter Olivenöl hindurch. Er las:

»Samaritrophia ist die Unterdrückung eines überaktiven Gewissens durch den Rest des Bewußtseins. ›Ihr müßt alle Befehle nur von mir annehmen!‹ schreit das Gewissen den anderen Bewußtseinsprozessen zu. Die anderen Bewußtseinsprozesse versuchen das eine Zeitlang, bemerken, daß das Gewissen nicht zufrieden ist und weiterschreit, und sie bemerken ferner, daß die Außenwelt nicht einmal unterm Mikroskop Besserungen zeigt, trotz der selbstlosen Akte, die das Gewissen verlangt hat.

Schließlich rebellieren sie. Sie werfen das tyrannische Gewissen in den Gully des Vergessens und verschließen den Zugang zu diesem dunklen Gefängnis. Sie hören das Gewissen nicht mehr. In dem süßen Schweigen schauen sich die Bewußtseinsprozesse nach einem neuen Führer um, und der Führer, der höchstwahrscheinlich erscheint, wenn das Gewissen ruhig ist, die Aufgeklärte Selbstsucht, taucht tatsächlich auf. Die Aufgeklärte Selbstsucht gibt ihnen eine Fahne, die sie sofort verehren. Es ist im wesentlichen die schwarz-weiße Fahne der Seeräuber, mit folgenden Worten unter dem Totenschädel und den Knochen: ›Zur Hölle mit dir, Jack, ich hab' alles, was ich brauche!‹

Es schien mir nicht klug, das einst so laute Gewissen von Mrs. Z. wieder freizulassen. Aber es genügte mir auch nicht, sie aus der Behandlung zu entlassen, solange sie noch immer so herzlos wie die KZ-Wächterin Ilse Koch war. Ich setzte es also meiner Behandlung zum Ziel, zwar ihr Gewissen eingesperrt zu lassen, doch den Dekkel des Gullys ein wenig anzuheben, damit das Schreien des Eingesperrten noch schwach zu hören war. Durch Versuche mit Chemotherapie und elektrischen Schock erreichte ich das auch. Doch ich war darauf keineswegs stolz, denn ich hatte eine tief angelegte Frau beruhigt, indem ich sie oberflächlich machte. Ich hatte die unterirdischen Ströme, die sie mit dem Atlantik, Pazifik und Indischen Ozean verband, verstopft und sie dahin gebracht, daß sie zufrieden war, ein Planschbecken zu sein: ein Meter im Quadrat, zwölf Zentimeter tief, das Wasser mit Chlor versetzt, das Becken blau angemalt. Welch ein Arzt!

Was für eine Kur!«

»Als Arzt war ich verpflichtet, mir einige Modell-Personen auszusuchen, um festzustellen, wieviel Schuld und Mitleid Mrs. Z. ohne Gefahr für sich selbst fühlen durfte. Diese Modell-Personen hatten den Ruf, normal zu sein. Nach einer mich zutiefst erschütternden Studie zur Normalität der Zeit mußte ich feststellen, daß eine normale Person, die innerhalb der Oberschicht unserer wohlhabenden industrialisierten Gesellschaft einigermaßen funktionierte, kaum jemals ihr Gewissen hört.

Eine logisch denkende Person könnte nun schließen, daß ich Unsinn geredet habe, wenn ich von der neuen Krankheit Samaritrophia sprach, wo sie doch unter gesunden Amerikanern etwa so alltäglich ist wie beispielsweise Nasen. Ich verteidige mich wie folgt: Samaritrophia ist nur dann eine Krankheit, und zwar eine schwere, wenn sie jene außerordentlich seltenen Individuen befällt, die biologische Reife erreicht haben und noch immer zur Liebe und zur Hilfe für ihre Mitmenschen bereit sind.

Nur einen einzigen Fall habe ich behandelt. Nie habe ich davon gehört, daß jemand einen zweiten behandelt hat. Indem ich mich umschaue, sehe ich nur eine einzige weitere Person, die zu einem samaritrophischen Zusammenbruch neigt. Diese Person ist natürlich Mr. Z. Und sein Mitgefühl ist so stark, daß er sich im Falle eines samaritrophischen Anfalls wahrscheinlich eher selbst umbringen oder vielleicht hundert andere umbringen würde und sich dann niederschießen ließe wie ein tollwütiger Hund, ehe wir ihn behandeln könnten.«

»Behandeln, behandeln, behandeln.

Was für eine Behandlung!

Mrs. Z., die in unserem Gesundheitslabor behandelt und geheilt worden ist, wünschte sich, ›hinauszukommen und zur Abwechslung ein wenig Spaß zu haben, wieder zu leben‹, ehe es mit ihrer Schönheit vorüber war. Sie sah noch immer unwahrscheinlich gut aus und trug eine unbegrenzte Zärtlichkeit zur Schau, die sie selbst nicht mehr verdiente.

Sie wollte nichts mehr mit Hometown oder Mr. Z. zu tun haben und kündigte an, sie würde ins fröhliche Paris und zu alten fröhlichen Freunden fahren. Sie wollte sich neue Kleider kaufen, sagte sie, und tanzen und tanzen und tanzen, bis sie in den Armen eines großen dunklen Fremden, in den Armen – hoffte sie – eines Doppelagenten vergehen würde.

Oft bezog sie sich auf ihren Mann als ›meinen schmutzigen betrunkenen Onkel im Süden‹, aber sagte ihm dies nie ins Gesicht. Sie war nicht schizophren, doch wenn ihr

Mann sie besuchte, was er dreimal in der Woche tat, zeigte sie alle akuten Symptome der Paranoia. Sie kniff ihn in die Wangen, lockte ihm Küsse ab, die sie ihrerseits kichernd ablehnte. Sie sagte ihm, sie wolle für eine kleine Weile nach Paris fahren, um ihre liebe Familie wiederzusehen, und sie werde im Nu zurück sein. Sie verlangte, daß er sich von ihr verabschiedete und ihre Grüße allen den lieben, im Leben schlecht Weggekommenen in Hometown überbrächte.

Mr. Z. ließ sich nicht täuschen. Er begleitete sie zu ihrem Flugzeug nach Paris am Indianapolis-Flughafen, und er sagte mir, als das Flugzeug nur noch ein Punkt am Himmel war, daß er sie niemals wiedersehen würde. ›Auf jeden Fall sah sie glücklich aus‹, sagte er zu mir. ›Auf jeden Fall wird sie sich amüsieren, wenn sie dorthin zurückkehrt, wo Leute ihres Schlages wohnen, die zu ihr passen.‹

Er hatte den Ausdruck ›auf jeden Fall‹ zweimal gebraucht. Es ärgerte mich, und ich wußte, er würde mich damit noch einmal ärgern. Er tat es auch. ›Auf jeden Fall‹, sagte er, ›haben Sie sich um uns verdient gemacht.‹«

»Mrs. Z.s Eltern, die verständlicherweise auf Mr. Z. nicht gut zu sprechen sind, haben mich darüber informiert, daß er oft schreibt und anruft. Sie öffnet seine Briefe nicht. Sie geht nicht ans Telefon. Und die Eltern sind überzeugt, daß Mrs. Z. auf jeden Fall glücklich ist, wie auch Mr. Z. gehofft hat.

Prognose: Ein weiterer langsamer Zusammenbruch.«

»Was Mr. Z. angeht, auch er ist auf jeden Fall krank; auf jeden Fall ähnelt er keinem, den ich je gekannt habe. Er will Hometown nicht verlassen, außer bei kurzen Ausflügen nach Indianapolis und nicht weiter. Ich fürchte, er kann Hometown gar nicht verlassen. Warum nicht?

Um ganz unwissenschaftlich zu sprechen, weil die Wissenschaft nach einem solchen Fall, wie er ihn darstellt, für einen Arzt widerlich wird: Sein Schicksal liegt dort.«

Die Prognose unseres guten Herrn Doktor war richtig. Sylvia wurde ein beliebtes und einflußreiches Mitglied der internationalen Gesellschaft und lernte auch die vielen Variationen des Twist. Als Herzogin von Rosewater wurde sie überall bekannt. Viele Männer hielten um ihre Hand an, doch sie war viel zu glücklich, um an Heirat oder Scheidung zu denken. Und dann, im Juli 1964, brach sie wiederum zusammen.

In der Schweiz wurde sie behandelt. Sechs Monate später wurde sie entlassen, schweigsam und traurig, fast unerträglich tief. Eliot und die bemitleidenswerten Menschen des Landkreises Rosewater hatten wieder einen Platz in ihrem Bewußtsein. Sie wollte zu ihnen zurückkehren, nicht, weil sie sich nach ihnen sehnte, sondern aus Verantwortungsgefühl. Der Arzt warnte sie; eine Rückkehr könne tödlich sein. Er sagte ihr, sie solle in Europa bleiben, sich von Eliot scheiden lassen und sich ein ruhiges, sinnvolles eigenes Leben schaffen.

Also wurde ein äußerst zivilisiertes Scheidungsverfahren eingeleitet, das von McAllister, Robjent, Reed und McGee geführt wurde.

Dann kam die Zeit, in der Sylvia der Scheidung wegen nach Amerika fliegen mußte. An einem Juniabend fand ein Treffen in der Wohnung von Eliots Vater statt, dem Senator Lister Ames Rosewater in Washington. Eliot war nicht dabei. Er wollte den Landkreis Rosewater nicht verlassen. Anwesend waren der Senator selbst, Sylvia, Thurmond McAllister, der greise Rechtsanwalt, und sein aufmerksamer junger Assistent, Mushari.

Der Ton des Treffens war offen, sentimental, versöhnlich, manchmal lustig und dabei doch immer im Prinzip tragisch. Es gab Brandy.

»Im Grunde seines Herzens«, sagte der Senator und drehte das Glas, »liebt Eliot jene furchtbaren Leute in Rosewater nicht mehr als ich. Er könnte sie unmöglich lieben, wenn er nicht die ganze Zeit betrunken wäre. Ich habe es schon einmal gesagt, und ich wiederhole es: In der Hauptsache ist dies ein Alkoholikerproblem. Wenn Eliots Trunkenheit aufhörte, würde auch sein Mitleid für die Würmer im Schleim am Boden des menschlichen Abfallhaufens verschwinden.«

Er schlug die Hände zusammen und schüttelte sein graues Haupt. »Wenn er nur ein Kind gemacht hätte!« Er war in feinen Privatschulen und an der Harvard Universität erzogen worden, doch gefiel sich darin, ab und zu die Mundart eines Schweinezüchters aus dem Landkreis Rosewater zu versuchen. Dann riß er sich die Brille mit dem Stahlrahmen ab und starrte die Schwiegertochter mit seinen leidensseligen blauen Augen an. »Wenn! Wenn!« Dann setzte er die Brille wieder auf und hob voller Resignation die Hände; die Hände waren so flekkig wie eine bestimmte Sorte Schildkröten. »Das Ende der Familie Rosewater läßt sich jetzt deutlich absehen.«

»Es gibt noch andere Rosewaters«, meinte McAllister zart. Mushari wand sich, denn er hatte die Absicht, jene anderen Rosewaters demnächst zu vertreten.

»Ich spreche über echte Rosewaters!« schrie der Senator voller Bitterkeit. »Zum Teufel mit Pisquontuit!« In Pisquontuit im Staate Rhode Island, einem Seebad, wohnte der einzige andere Zweig der Familie.

»Ein Fest für Geier«, stöhnte der Senator und stellte sich in seiner masochistischen Einbildungskraft vor, wie die Rhode-Island-Rosewaters die Knochen der Indiana-Rosewaters abnagten. Abgehackt hustete er. Der Husten irritierte ihn. Wie sein Sohn rauchte er viel.

Er ging zum Kaminsims und starrte auf die Farbfotografie von Eliot. Das Foto war am Ende des zweiten Weltkrieges aufgenommen worden und stellte einen oftmals ausgezeichneten Hauptmann der Infanterie dar. »So sauber, so groß gewachsen, so ehrgeizig – so sauber, so sauber!« Er knirschte mit den falschen Zähnen. »Was für ein edler Geist wurde hier zerstört!«

Er kratzte sich, obwohl es ihn nirgends juckte. »Wie aufgedunsen und weichlich er heute aussieht. Sogar auf Rhabarberkuchen habe ich schon gesündere Haut gesehen! Schläft in seiner Unterwäsche und ißt ein Menü aus Potato Chips, Whisky und Rosewater Goldenes Lager Ambrosia Bier.« Mit den Fingernägeln klopfte er an das Foto. »Er! Er! Hauptmann Eliot Rosewater – Verwundetenorden, Tapferkeitsorden Erster und Zweiter Klasse, Eichenlaub, Diamanten! Segelmeister, Skimeister! Er! Er! Mein Gott – wie oft hat das Leben ›Ja, Ja, Ja‹ zu ihm gesagt! Millionen Dollars hat er, Hunderte von wichtigen Freunden, die schönste, intelligenteste, begabteste, zärtlichste Frau, die man sich vorstellen kann! Eine großartige Erziehung, geschmeidiger Geist in einem starken, sauberen Körper – und was antwortet er, wenn das Leben zu ihm immer nur ›Ja, Ja, Ja‹ sagt? – ›Nein, Nein, Nein.‹ Warum? Kann mir das jemand sagen?«

Keiner sagte es ihm.

»Ich hatte eine Kusine, zufällig eine Rockefeller«, sagte der Senator, »und die gestand mir, sie habe das fünfzehnte, sechzehnte und siebzehnte Lebensjahr mit nichts anderem verbracht, als immer nur ›Nein, danke‹ zu sagen. Für ein Mädchen dieses Alters und Standes ist das schön und gut. Aber bei einem männlichen Rockefeller wäre das ein verdammt wenig anziehender Zug gewesen und noch weniger anziehend, wenn ich das sagen darf, bei einem männlichen Rosewater.«

Er hob die Schultern. »Sei es, wie es wolle, wir haben jetzt tatsächlich einen männlichen Rosewater, der zu allen guten Dingen, die das Leben ihm geben möchte, nein sagt. Er will nicht einmal mehr in seinem Landhaus wohnen.« Eliot war nämlich aus dem Landhaus in ein Büro gezogen, als es klar wurde, daß Sylvia niemals mehr zu ihm zurückkommen würde.

»Er hätte Gouverneur von Indiana werden können, wenn er nur gewollt hätte, und sogar Präsident der Vereinigten Staaten, wenn er sich ein wenig bemüht hätte. Und was ist er geworden? Ich frage euch, was ist er geworden?«

Der Senator hustete noch einmal und beantwortete dann seine Frage selbst: »Ein öffentlicher Notar, meine Freunde und Nachbarn, dessen Amtszeit bald abgelaufen ist.«

Das stimmte. Die einzige offizielle Urkunde, die an der schimmeligen Holzwand des Eliotschen Büros hing, war die Zulassung als öffentlicher Notar. Viele der Leute, die ihm seine Sorgen vorlegten, brauchten neben unzähligen anderen Dingen jemanden, der ihre Unterschrift beglaubigte.

Eliots Büro lag an der Hauptstraße, eine Querstraße

nordöstlich von dem Tempel aus Ziegelsteinen, gegenüber dem neuen Feuerwehrgebäude, das die Rosewater-Stiftung gebaut hatte. Das Büro war ein düsteres Bodengemach und lag über einer Imbißstube und einem Schnapsladen. Das Haus hatte nur zwei Schaufenster. An einem stand *Essen*, am anderen *Bier*, und zwar in Leuchtbuchstaben, die an- und ausgingen. Und während der Senator in Washington sich jetzt gerade über ihn, ihn, ihn ausließ, schlief Eliot wie ein Baby, während die Leuchtbuchstaben blinkten.

Eliot zog seinen Mund wie Cupido zusammen, murmelte süßlich irgend etwas vor sich hin, drehte sich um und schnarchte. Er war aus einem Athleten zu einem dikken Mann geworden, mehr als einsneunzig groß, über zweihundert Pfund schwer, blaß, und sein dünner Haarschopf zeigte überall lichte Stellen. Er war mehr eingewickelt als richtig angezogen, und zwar in lange Unterhosen, die einem Elefanten Ehre gemacht hätten und aus verramschter Kriegskleidung stammten. In Goldbuchstaben stand an jedem seiner Bodenfenster und auch an der Tür unten an der Straße folgendes:

Rosewater-Stiftung
Wie können wir Ihnen helfen?

Fünftes Kapitel

Eliot schlief ruhig weiter, als hätte er keine Sorgen.

Die Toilette dagegen in dem schmutzigen kleinen Büroraum schien die ganzen bösen Träume zu haben. Sie seufzte, sie schluchzte, sie gurgelte, als ertrinke sie. Lebensmittel in Büchsen und Steuerformulare und Geographie-Magazine waren hoch auf dem Spültank gestapelt. Eine Schüssel und ein Löffel lagen im kalten Wasser des Waschbassins. Der Toilettenschrank über dem Waschbassin stand weit offen; er war vollgestopft mit Vitamintabletten und Kopfschmerzmitteln und Hämorrhoidensalben und Abführmitteln und Schlaftabletten. Eliot nahm regelmäßig von allem, doch die Mittel waren nicht allein für ihn da. Sie lagen für alle jene leicht kranken Menschen bereit, die ihn besuchten.

Liebe und Verständnis und ein wenig Geld waren für jene Menschen nicht genug. Sie wollten auch Medizin.

Überall lagen Papiere herum – Steuerformulare, Kriegsteilnehmerformulare, Pensionsanträge, Unterstützungsanträge, Rentenanträge, Strafaussetzungsanträge. Hier und da waren Stapel umgefallen und bildeten Dünen. Und zwischen den Haufen und Dünen lagen Papierbecher und leere Bierbüchsen und Zigarettenstummel und leere Whiskyflaschen.

An den Wänden waren mit Reißnägeln Bilder befestigt, die Eliot aus *Life* und *Look* ausgeschnitten hatte und die jetzt in der leichten kühlen Brise vor einem aufziehenden Gewitter raschelten. Eliot dachte sich, gewisse Bilder würden die Leute fröhlich machen, besonders Bilder von jungen Tieren. Seine Besucher freuten sich auch über Bilder von aufregenden Unfällen. Astronauten fanden sie langweilig. Bilder von Elizabeth Taylor gefielen ihnen, weil sie sie besonders haßten und sich ihr überlegen fühlten. Ihre Lieblingsperson war Abraham Lincoln. Eliot versuchte, auch Thomas Jefferson und Sokrates beliebt zu machen, aber die Leute erinnerten sich schon beim nächsten Besuch nicht mehr, wen die Bilder darstellten. »Wer ist wer?« fragten sie.

Das Büro hatte früher einem Zahnarzt gehört. Aus dieser Zeit gab es keine Spuren mehr außer der Treppe, die von der Straße heraufführte. Der Zahnarzt hatte nämlich Blechschilder an die Treppenstufen genagelt, und jedes Schild pries die eine oder andere Behandlungsmethode an. Diese Schilder waren noch da, doch Eliot hatte die Schrift übermalt. Er hatte etwas Neues hingeschrieben, ein Gedicht von William Blake. Er hatte es so angebracht, daß auf jeder der zwölf Treppenstufen ein Teil des Gedichts stand:

>»Der Engel,
> der mir bei meiner
> Geburt zu Häupten stand,
> sagte:
> ›Kleine Kreatur,
> geformt
> aus Freude und Frohsinn,
> geh hin und liebe
> ohne jede
> Hilfe von
> irgendeinem Wesen
> auf Erden.«

Am Fuß der Treppe hatte der Senator selbst mit Bleistift seine Entgegnung an die Wand geschrieben, und zwar noch ein Gedicht von Blake:

>»Liebe sucht nur sich selbst zu dienen,
> einen anderen an ihre Lust zu binden,
> sucht Freud' in andren Schmerzensmienen
> und wird nur Hölle statt des Himmels finden.«

In Washington wünschte sich Eliots Vater, daß er und Eliot tot wären.

»Ich – ich habe eine ganz einfache Idee«, sagte McAllister.

»Die letzte Ihrer ganz einfachen Ideen hat mich die Kontrolle über siebenundachtzig Millionen Dollar gekostet.«

McAllister deutete mit müdem Lächeln an, daß er sich für die Idee der Stiftung nicht entschuldigen würde. Schließlich habe die Stiftung genau das erreicht, was sie erreichen sollte, nämlich das Vermögen vom Vater zum Sohne weiterzugeben, ohne daß das Finanzamt auch nur einen Groschen davon erhielt. McAllister hätte aber kaum noch dafür garantieren können, daß der Sohn ein solider Bürger wurde. »Ich möchte vorschlagen, daß Eliot und Sylvia einen letzten Versuch der Aussöhnung machen.«

Sylvia schüttelte den Kopf. »Nein«, flüsterte sie. »Es tut mir leid. Nein.« Sie rollte sich in einem großen Ohrensessel zusammen. Sie hatte die Schuhe ausgezogen. Ihr Gesicht war ein perfektes blau-weißes Oval, ihr Haar rabenschwarz. Unter ihren Augen zogen sich Ringe. »Nein.«

Diese Entscheidung beruhte natürlich auf medizinischen, und zwar weisen Gründen. Ihr zweiter Zusammenbruch und die folgende Erholung hatten aus ihr nicht die alte Sylvia aus vergangenen Tagen, den im Landkreis Rosewater verlebten, gemacht. Zusammenbruch und Erholung hatten aus ihr eine entschieden neue Persönlichkeit werden lassen, die dritte seit ihrer Heirat. Der Kern dieser dritten Persönlichkeit bestand aus einem Gefühl der Wertlosigkeit und der Scham gegenüber der Revolte der Armen und gegenüber Eliots persönlicher

Unhygiene, und sie hegte den selbstmörderischen Wunsch, ihren eigenen Ekel zu ignorieren, nach Rosewater zurückzukehren und bald für eine gute Sache zu sterben.

Aus diesem Gefühl der Minderwertigkeit heraus, aus medizinisch verordneter, oberflächlicher Opposition gegen totale Aufopferung heraus sagte sie noch einmal: »Nein.«

Der Senator fegte Eliots Foto vom Kaminsims. »Wer kann sie dafür tadeln? Sich noch mal im Heu wälzen mit dem betrunkenen Zigeuner, der mein Sohn ist?« Er entschuldigte sich für die Roheit seines letzten Vergleichs. »Alte Männer ohne Hoffnung neigen dazu, sowohl grausam als auch genau zu sein. Verzeihung!«

Sylvia senkte den lieblichen Kopf und hob ihn dann wieder. »Ich sehe ihn nicht so – wie einen betrunkenen Zigeuner.«

»Aber ich, bei Gott! Jedesmal, wenn ich ihn ansehen muß, sage ich mir: ›Was für ein Infektionsherd für eine Typhusepidemie!‹ Du brauchst meine Gefühle nicht zu schonen, Sylvia. Mein Sohn verdient keine anständige Frau. Er verdient, was er hat, die scheinheilige Kameraderie von Huren, Drückebergern, Zuhältern und Dieben.«

»So schlecht sind sie nicht, Vater Rosewater.«

»Ich meine, ihr Hauptanziehungsgrund für Eliot besteht darin, daß an ihnen absolut nichts Gutes ist.«

Sylvia, die zwei Nervenzusammenbrüche hinter sich und keine deutlichen Träume vor sich hatte, sagte ruhig, genau wie ihr Arzt es gewollt hätte: »Ich will mich nicht mit dir streiten.«

»*Könntest* du denn überhaupt noch für Eliot streiten?«

»Ja. Wenn ich heute abend sonst nichts klarmachen kann, will ich wenigstens dies klarmachen: Eliot hat ein Recht darauf, das zu tun, was er tut. Es ist schön, was er tut. Aber was mich betrifft, ich bin einfach nicht stark oder gut genug, um noch auf seiner Seite zu sein. Die Schuld liegt bei mir.«

Schmerzliche Verwirrung und dann Hilflosigkeit überzogen das Gesicht des Senators. »Nenne mir nur einen einzigen guten Zug an jenen Leuten, denen Eliot hilft.«

»Das kann ich nicht.«

»Das hab' ich mir gedacht.«

»Es ist ein Geheimnis«, sagte sie. Sie war in die Auseinandersetzung gegen ihren Willen hineingezogen und versuchte, hier abzubrechen.

Ohne jedes Gefühl dafür, wie rücksichtslos er war, fuhr der Senator fort. »Du bist hier unter Freunden — vielleicht erzählst du uns einmal, worin dieses Geheimnis besteht.«

»Das Geheimnis liegt darin, daß sie Menschen sind«, sagte Sylvia. Sie blickte von einem Gesicht zum anderen, um Verstehen zu entdecken. Es gab keins. Das letzte Gesicht, in das sie blickte, war das von Norman Mushari. Mushari lächelte sie mit einem schrecklich unpassenden Ausdruck von Gier und Unzuchtsgelüsten an.

Sylvia entschuldigte sich plötzlich, ging ins Badezimmer und weinte.

In Rosewater donnerte es jetzt, und ein scheckiger Hund kam mit psychosomatischer Tollwut aus dem Feuerwehrhaus gerannt. Der Hund blieb zitternd mitten auf der Straße stehen. Die Straßenlaternen, die weit auseinander standen, brannten schwach. Die wenigen anderen Lichter waren die blaue Glühbirne vor dem Polizeirevier im Keller des Gerichts, eine rote Glühbirne vor dem Feuerwehrhaus und eine weiße Glühbirne in der Telefonzelle gegenüber dem Süßwarengeschäft, das gleichzeitig Bushaltestelle war.

Es gab einen Krach, der Blitz verwandelte alles in blauweiße Diamanten.

Der Hund rannte zur Tür der Rosewater-Stiftung, kratzte und heulte. Oben lag Eliot und schlief weiter. Sein gelblich durchsichtiges, bügelfreies Hemd, das an einem Haken an der Zimmerdecke hing, bewegte sich wie ein Geist hin und her.

Eliot hatte nur ein Hemd. Er hatte nur einen Anzug – einen schmutzigen blauen Zweireiher mit Fischgrätenmuster, der jetzt an der Türklinke des Waschraums hing. Es war ein großartiger Anzug, denn er fiel noch nicht auseinander, obgleich er sehr alt war. Eliot hatte ihn von einem freiwilligen Feuerwehrmann in New Egypt im Staate New Jersey eingetauscht, vor vielen Jahren, 1952.

Eliot hatte nur ein Paar Schuhe, schwarze. Sie hatten eine Glasur, die nach einem Experiment zustande gekommen war. Er hatte nämlich einmal versucht, sie mit Johnsons »Glo-Coat«, einem Fußbodenbohnermittel, das nicht für Schuhe bestimmt war, zu polieren. Ein Schuh stand nun auf dem Schreibtisch, der andere auf dem Rand des Waschbassins im Badezimmer. Eine kastanienbraune Nylonsocke, mit Strumpfhalter, steckte in jedem Schuh. Ein Ende des Strumpfhalters an der Socke im Schuh am Rand des Waschbassins hing ins Wasser. Es hatte sich und die Socke mit Wasser vollgesogen.

Der einzige farbenfreudige neue Artikel im Büro, außer den Magazinfotos, waren eine Familienpackung des Wunderwaschmittels »Tide« und der glatte gelb-rote

Helm eines freiwilligen Feuerwehrmannes, der an einem Holzpfosten an der Tür hing. Eliot war Leutnant der Feuerwehr. Er hätte mit Leichtigkeit Hauptmann oder überhaupt Chef sein können, da er ein begeisterter und geschickter Feuerwehrmann war und der Feuerwehr sechs neue Löschwagen geschenkt hatte; aber er selbst hatte darauf bestanden, keinen höheren Rang als den eines Leutnants einzunehmen.

Weil Eliot fast nie sein Büro verließ, außer bei Bränden, wurde jeder Feueralarm an ihn durchgegeben. Aus diesem Grunde standen zwei Telefone neben seinem Feldbett. Das schwarze war für Anrufe bei der Stiftung, das rote für Feueralarm. Wenn ein Feueralarm durchgegeben wurde, drückte Eliot auf einen roten Knopf an der Wand unter der Notarsurkunde. Der Knopf setzte die Sirene unter der Kuppel des Feuerwehrdaches in Betrieb. Eliot hatte die Sirene gekauft und die Kuppel bauen lassen.

Jetzt gab es gerade einen ohrenbetäubenden Donnerschlag.

»Na, na – na, na«, sagte Eliot im Schlaf.

Das schwarze Telefon klingelte. Er erwachte und hob den Hörer beim dritten Klingeln ab. Zu jedem, der anrief, sagte er, ganz egal, zu welcher Tages- oder Nachtzeit: »Hier ist die Rosewater-Stiftung. Wie können wir Ihnen helfen?«

Der Senator bildete sich ein, Eliot ginge mit Kriminellen um. Er irrte. Die meisten von Eliots Klienten waren weder mutig noch klug genug, Verbrechen zu begehen. Besonders gegenüber seinem Vater oder den Bankiers oder Anwälten gab Eliot aber irrtümliche Beschreibungen seiner Klienten ab. Er meinte, die Leute, denen er helfen wollte, wären vom selben Typ wie jene, die vor Generationen die Wälder gerodet, Sümpfe trockengelegt, Brücken gebaut hatten – Leute, deren Söhne in Kriegszeiten das Rückgrat der Infanterie bildeten und so weiter. Aber die Leute, die regelmäßig bei Eliot Hilfe suchten, waren sehr viel schwächer und auch dümmer. Wenn ihre Söhne beispielsweise eingezogen werden sollten, wurden diese Söhne im allgemeinen als geistig, moralisch und physisch ungeeignet zurückgestellt.

Unter den Armen des Landkreises Rosewater gab es auch ein besonders zähes Element, das sich aus Stolz von Eliot und seiner unkritischen Liebe weghielt und den Mut hatte, aus dem Landkreis Rosewater fortzuziehen und sich in Indianapolis oder Chicago oder Detroit nach Arbeit umzusehen. Nur sehr wenige fanden dort regelmäßige Arbeit, aber sie hatten es jedenfalls versucht.

Die Klientin, die gerade dabei war, Eliots schwarzes Telefon zum Klingeln zu bringen, war eine achtundsechzig Jahre alte Jungfer, die nach Maßgabe fast jeder anderen Person zu dumm war, um überhaupt leben zu können. Sie hieß Diana Moon Glampers. Niemand hatte sie je geliebt. Es gab auch keinen Grund, warum sie jemand lieben sollte. Sie war häßlich, blöd und langweilig. Bei den seltenen Gelegenheiten, wenn sie sich vorstellen mußte, gab sie immer ihren ganzen Namen an und fügte noch die mystifizierende Gleichung hinzu, die sie so sinnlos ins Leben geworfen hatte: »Meine Mutter war eine Moon. Mein Vater war ein Glampers.«

Diese Kreuzung zwischen einem Glampers und einer Moon also war Hausangestellte im Rosewater-Landhaus, dem eigentlichen Wohnort des Senators, den er jedoch nie mehr als zehn Tage im Jahr bewohnte. Während der restlichen dreihundertfünfundfünfzig Tage hatte Diana alle sechsundzwanzig Zimmer für sich. Sie reinigte sie immer wieder, ohne sich den Luxus leisten zu können, jemanden dafür schelten zu dürfen, daß er etwas schmutzig gemacht hatte.

Wenn Diana mit der Tagesarbeit fertig war, zog sie sich gewöhnlich in ihr Zimmer über der Garage für sechs Autos zurück. Die einzigen Fahrzeuge in der Garage waren ein Ford Phaeton aus dem Jahre 1936, der aufgebockt war, und ein rotes Dreirad, von dessen Lenkstange eine Feueralarmglocke hing. Das Dreirad hatte Eliot als Kind gehört.

Diana saß gewöhnlich in ihrem Zimmer und hörte Radio oder blätterte in der Bibel. Sie konnte nicht lesen. Die Bibel war ein zerfetztes Wrack. Auf dem Tisch neben ihrem Bett stand ein weißes Telefon, ein sogenanntes »Prinzeß-Telefon«, das sie von der Indiana-Bell-Telefon-Gesellschaft für fünfundsiebzig Cent zusätzlich im Monat mietete.

Es donnerte.

Diana schrie um Hilfe. Das sollte sie auch. Der Blitz hatte ihre Mutter und ihren Vater bei einem Rosewater-Picknick im Jahre 1916 erschlagen. Sie glaubte fest, der Blitz würde auch sie erschlagen. Und weil ihr immer die Nieren schmerzten, war sie überzeugt, der Blitz würde sie in den Nieren treffen.

Sie griff sich den Hörer des Prinzeß-Telefons und wählte jene Nummer, die sie immer wählte. Sie wimmerte und stöhnte und wartete darauf, daß die Person am anderen Ende der Leitung sich meldete.

Diese Person war Eliot. Seine Stimme war süßlich und mächtig väterlich – so menschlich wie der tiefste Ton eines Cellos. »Hier ist die Rosewater-Stiftung«, sagte er, »wie können wir Ihnen helfen?«

»Die Elektrizität ist mir wieder auf den Fersen, Mr. Rosewater. Ich mußte Sie anrufen! Ich hab' solche Angst!«

»Ruf mich an, wenn du willst, dafür bin ich ja da.«

»Die Elektrizität kriegt mich diesmal aber wirklich.«

»Ach, zum Teufel mit der Elektrizität!« Eliots Ärger war echt. »Diese Elektrizität macht mich böse, weil sie dich die ganze Zeit quält. Es ist nicht recht.«

»Ich wünschte mir, sie würde mich umbringen, statt daß man bloß immerzu drüber redet.«

»Darüber würde die Stadt aber sehr traurig sein.«

»Wer denn schon!«

»Ich zum Beispiel.«

»Sie machen sich ja über alle Sorgen. Aber wer denn sonst?«

»Viele, viele Leute, meine Liebe.«

»Blödes altes Weib – achtundsechzig Jahre alt.«

»Achtundsechzig ist ein wunderbares Alter.«

»Achtundsechzig Jahre sind eine lange Zeit für einen Körper, wenn ihm nie was Nettes passiert ist. Mir ist nie was Nettes passiert. Wie sollte es auch? Ich stand wohl hinter der Tür, als der liebe Gott Gehirne verteilt hat.«

»Das stimmt nicht!«

»Ich war hinter der Tür, als der liebe Gott die starken, schönen Körper verteilte. Auch als ich noch jung war, konnte ich nicht schnell rennen und nicht springen. Ich hab' mich nie richtig wohl gefühlt, niemals. Ich habe Blähungen und geschwollene Knöchel und Nierenschmerzen, seit ich Baby bin. Und ich stand auch hinter der Tür, als der liebe Gott Glück und Geld verteilte. Und als ich

64

Mut genug hatte, hervorzukommen und zu flüstern ›Lieber Gott, hier bin ich nun auch noch‹, da war nichts mehr übrig. Als Nase gab er mir eine alte Kartoffel, als Haar Stahlwolle und als Stimme die Stimme eines Ochsenfrosches.«

»Du hast überhaupt keine Ochsenfroschstimme, Diana. Du hast eine liebliche Stimme.«

»Ochsenfroschstimme«, wiederholte sie. »Im Himmel hat es damals einen Ochsenfrosch gegeben, Mr. Rosewater. Der liebe Gott wollte ihn auf unsere traurige Welt schicken, damit er hier geboren würde, aber dieser alte Ochsenfrosch war gerissen. ›Lieber Gott‹, sagte der gerissene alte Ochsenfrosch, ›wenn es dir egal ist, lieber Gott, bleibe ich lieber ungeboren. Es sieht da unten nicht so aus, als ob es für einen Ochsenfrosch viel Spaß gäbe.‹ Also hat Gott den Ochsenfrosch im Himmel herumhopsen lassen, wo ihn niemand als Köder gebraucht oder seine Schenkel ißt, und Gott hat mir dafür die Ochsenfroschstimme gegeben.«

Es donnerte noch einmal, und Dianas Stimme stieg eine Oktave höher. »Ich hätte sagen sollen, was der Ochsenfrosch gesagt hat! Auch für Diana Moon Glampers ist unsre Welt nicht so angenehm.«

»Na, na, Diana – na, na«, sagte Eliot. Er trank einen kleinen Schluck aus der Whiskyflasche.

»Meine Nieren tun mir schon den ganzen Tag lang weh, Mr. Rosewater. Sie fühlen sich an, als wenn eine glühendrote Kanonenkugel voller Elektrizität ganz langsam durch sie durchzieht und sich dabei immer wieder um sich selber dreht mit vergifteten Rasierklingen daran.«

»Das dürfte nicht sehr angenehm sein.«

»Ist es auch nicht.«

»Ich möchte dich drum bitten, mit diesen verdammten Nieren zum Arzt zu gehen.«

»Hab' ich schon getan. Heute bin ich zu Doktor Winters gegangen, wie Sie mir geraten haben. Er hat mich behandelt, als wär' ich eine Kuh und er ein betrunkener Tierarzt. Und als er fertig war, mich zu beklopfen und 'rumzurollen, hat er bloß gelacht. Er hat gesagt, es wär' schön, wenn alle im Landkreis Rosewater solche Nieren hätten wie ich. Er hat gesagt, ich bilde mir meine Nierenschmerzen bloß ein. Ach, Mr. Rosewater, von jetzt an sind Sie der einzige Arzt für mich.«

»Ich bin kein Arzt, liebes Kind.«

»Ist mir egal. Sie haben mehr hoffnungslose Krankheiten geheilt als alle Ärzte in Indiana zusammen.«

»Aber ich bitte dich . . .«

»Dawn Leonard hatte zehn Jahre lang Eiterbeulen, und Sie haben ihn geheilt. Ned Calvin hatte Zuckungen im Auge, seit er ein kleiner Junge war, und Sie haben auch das geheilt. Pearl Flemming ist zu Ihnen gekommen, und dann hat sie ihre Krücken weggeschmissen. Und jetzt haben auch meine Nieren aufgehört weh zu tun, wie ich Ihre süße Stimme gehört habe.«

»Das freut mich.«

»Und es hat auch aufgehört zu donnern und zu blitzen.«

Das stimmte. Es gab jetzt nur noch die hoffnungslos sentimentale Musik des Regens.

»Jetzt wirst du also schlafen können, liebes Kind?«

»Das verdanke ich Ihnen! Ach, Mr. Rosewater, von Ihnen sollte es ein großes Standbild in der Mitte der

Stadt geben – aus Diamanten und Gold und kostbaren Rubinen und reinem Uran. Sie hätten mit Ihrem großen Namen und Ihrer guten Erziehung und Ihrem Geld und Ihren schönen Manieren, die Ihnen Ihre Mutter beigebracht hat, irgendwo in einer großen Stadt sein und in Cadillacs herumfahren können zusammen mit den Großen, und die Kapellen hätten dazu gespielt und die Menge hätte gejubelt. Sie hätten so hoch und mächtig in unsrer Welt sein können, daß wir einfachen, dummen, gewöhnlichen Sterblichen aus dem Landkreis Rosewater von da oben wie kleine Käfer ausgesehen hätten.«

»Na, na...«

»Sie haben alles das aufgegeben, was für einen Mann wünschenswert ist, nur um den kleinen Leuten zu helfen, und die kleinen Leute wissen das auch. Gott segne Sie, Mr. Rosewater. Gute Nacht!«

Sechstes Kapitel

»Die kleinen Gefahrensignale der Natur«, sagte Senator Rosewater zu Sylvia und McAllister und Mushari geheimnisvoll. »Wie viele habe ich übersehen? Alle, nehme ich an.«

»Es ist nicht Ihre Schuld«, sagte McAllister.

»Wenn ein Mann nur ein Kind hat«, sagte der Senator, »und die Familie ist berühmt dafür, ungewöhnliche, willensstarke Individuen hervorzubringen, mit welchen Mitteln kann man feststellen, ob das Kind ein Idiot ist?«

»Es ist nicht Ihre Schuld!«

»Ich habe mein Leben damit verbracht, von den Leuten zu verlangen, daß sie sich für ihre Fehler selbst die Schuld geben.«

»Sie haben Ausnahmen gemacht.«

»Verdammt wenige.«

»Rechnen Sie sich zu den wenigen. Zu denen gehören Sie.«

»Ich sage mir oft, Eliot wäre anders geworden, wenn man um ihn nicht all den Lärm als Maskottchen der Feuerwehr gemacht hätte, als er noch klein war. Mein Gott, wie man ihn damals verwöhnt hat! Er durfte auf dem Feuerwehrwagen Nummer eins fahren, die Glocke läuten – man brachte ihm bei, daß der Wagen stehenblieb, wenn er die Zündung abstellte, und lachte wie verrückt, wenn das Auspuffrohr knallte. Alle rochen natürlich nach Schnaps.« Er nickte und blinzelte. »Schnaps und Feuerwehrwagen – die wiedergewonnene glückliche Kindheit. Ach, ich weiß nicht, ich weiß nicht... Immer, wenn wir nach Rosewater gefahren sind, habe ich ihm gesagt, das sei unser Zuhause – aber ich habe nie gedacht, er wäre dumm genug, das zu glauben.«

»Es ist meine Schuld«, sagte der Senator.

»Gut«, sagte McAllister. »Und weil Sie gerade dabei sind, gestehen Sie auch ein, daß Sie an allem Schuld sind, was Eliot im zweiten Weltkrieg zustieß. Es ist ohne Zweifel auch Ihre Schuld, daß in jenem mit Rauch gefüllten Gebäude nur Feuerwehrleute drin waren.«

McAllister bezog sich auf die unmittelbare Ursache des Eliotschen Nervenzusammenbruches gegen Ende des Krieges. Das mit Rauch gefüllte Gebäude war eine Klarinettenfabrik in Bayern, und es war angeblich ein Widerstandsnest von SS-Truppen. Hauptmann Eliot leitete den Angriff eines Zuges seiner Kompanie auf dieses Gebäude. Seine Waffe war gewöhnlich eine Maschinenpistole. Aber diesmal ging er mit Gewehr und aufgepflanztem Bajonett vor, der Gefahr wegen, er könne einen seiner eigenen Leute im Rauch treffen. Nie zuvor hatte er jemanden mit seinem Bajonett niedergestochen, nicht einmal in den vielen Jahren des blutigen Krieges. Er warf eine Handgranate durchs Fenster und stand im dicksten Qualm, der etwa bis zur Höhe seiner Augen lag. Er warf den Kopf zurück, um wenigstens die Nase in frischer Luft zu haben. Deutsche konnte er zwar hören, doch nicht sehen. Er machte einen Schritt, stolperte über einen Körper und fiel über einen zweiten: zwei Deutsche, die von seiner Handgranate getötet worden waren. Er stand auf und sah sich unmittelbar einem behelmten Deutschen mit Gasmaske gegenüber. Als der gute Soldat, der Eliot war, rannte er dem Mann das Knie in den Unterleib, stieß ihm das Bajonett durch die Kehle, zog es wieder heraus und zerschlug ihm mit dem Gewehrkolben den Unterkiefer. Und dann hörte Eliot einen amerikanischen Unteroffizier, der irgendwo links etwas schrie. Dort drüben war die Sicht offenbar viel besser, denn der Unteroffizier schrie: »Aufhörn zu schießen! Aufhörn, Leute! Mein Gott – das sind gar keine Soldaten! Das sind Feuerwehrmänner!«

Es stimmte: Eliot hatte drei unbewaffnete Feuerwehrmänner getötet. Es waren ganz gewöhnliche Dorfbewohner, die sich mutig und eindeutig darangemacht hatten zu verhindern, daß sich das Gebäude mit Sauerstoff verband. Als die Sanitäter die Gasmasken von den dreien, die Eliot getötet hatte, abgenommen hatten, stellte es sich heraus, daß es zwei alte Männer und ein Junge waren. Den Jungen hatte Eliot mit dem Bajonett niedergestochen. Er sah nicht älter als vierzehn aus. Zehn Minuten lang sah Eliot verhältnismäßig gesund aus. Und dann legte er sich ruhig vor einen fahrenden Lastwagen. Der

Lastwagen konnte noch rechtzeitig stoppen, doch die Räder hatten ihn schon berührt. Als ihn einige seiner erschreckten Leute hochhoben, bemerkten sie, daß er völlig steif war – so steif, daß sie ihn beim Haar und den Hacken hätten tragen können. Zwölf Stunden lang blieb er so und sagte nichts und aß nichts – dann schickten sie ihn zurück ins fröhliche Paris.

»Was für einen Eindruck hat er denn da in Paris auf dich gemacht?« wollte der Senator wissen. »Einen normalen?«

»Natürlich.«

»Das verstehe ich nicht.«

»Papas Streichquartett spielte vor einigen Leuten mit Nervenzusammenbrüchen in einem der amerikanischen Lazarette – und Papa kam mit Eliot ins Gespräch und fand, Eliot sei der normalste Amerikaner, dem er je begegnet war. Als Eliot gesund war und heraus konnte, lud ihn Papa zum Essen ein. Ich weiß noch, wie er ihn uns vorstellte: ›Darf ich euch den einzigen Amerikaner vorstellen, der die Tatsache des zweiten Weltkrieges registriert hat.‹«

»Was hat er denn gesagt, daß er euch so normal vorkam?«

»Es war eher der Eindruck, den er machte, als das, was er sagte. Ich weiß noch, wie Papa ihn beschrieb. ›Dieser junge Hauptmann‹, sagte er, ›den ich hier mitbringe, verachtet die Kunst. Könnt ihr euch das vorstellen? Er verachtet die Kunst – und doch tut er das auf eine Weise, daß ich ihn dafür gern haben muß. Ich glaube, was er sagt, ist, daß die Kunst ihn unberührt gelassen hat, und ich muß gestehen, das ist für einen, der einen vierzehnjährigen Jungen mit dem Bajonett sozusagen aus dienstlichen Gründen niedergestochen hat, durchaus fair.«

»Ich habe Eliot auf den ersten Blick geliebt.«

»Gibt es dafür kein anderes Wort?«

»Wofür?«

»Für ›lieben‹.«

»Es war ein ausgezeichnetes Wort – bis es Eliot benutzt hat. Jetzt ist es für mich ungenießbar. Eliot hat mit dem Wort ›Liebe‹ gemacht, was die Russen mit dem Wort ›Demokratie‹ angerichtet haben. Wenn Eliot alle und jeden liebt, egal, wer es ist, egal, was sie machen, dann müssen die von uns, die einzelne Menschen aus ganz besonderen Gründen lieben, sich ein neues Wort suchen.« Er schaute zu dem Ölgemälde seiner verstorbenen Frau hinauf. »Zum Beispiel habe ich die dort oben mehr als unseren Müllabfuhrmann geliebt, was mich jedoch des unaussprechlichsten aller modernen Verbrechen überführt: Ich mache Un-ter-schie-de!«

Sylvia lächelte schwach. »Aus Mangel an einem besseren Wort darf ich vielleicht noch das alte verwenden – nur noch heute abend?«

»Auf deinen Lippen bedeutet es noch etwas.«

»Ich habe mich in Paris auf den ersten Blick in ihn verliebt – und ich liebe ihn, wenn ich jetzt an ihn denke.«

»Du mußt doch ziemlich früh gemerkt haben, daß du einen Idioten geheiratet hast.«

»Er hat getrunken.«

»Jawohl, das ist das Problem!«

»Und dann gab es diese schreckliche Geschichte mit Arthur Garvey Ulm.« Ulm war ein Dichter, dem Eliot zehntausend Dollar gegeben hatte, als die Stiftung noch in New York war.

»Der arme Arthur erzählte Eliot, er wolle frei sein, um die Wahrheit zu sagen, ohne Rücksicht auf wirtschaftliche Folgen, und Eliot schrieb ihm auf der Stelle einen enormen Scheck aus. Auf einer Cocktailparty«, sagte Sylvia. »Ich erinnere mich, daß der Fernsehstar, Arthur Godfrey, da war und Robert Frost und Salvador Dali und eine Menge andere Leute. ›Bei Gott, Sie sollen die Wahrheit sagen‹, sagte Eliot zu ihm, ›es wird Zeit, daß das einer tut. Und wenn Sie noch mehr Geld brauchen, um die Wahrheit zu sagen, kommen Sie ruhig wieder zu mir.‹ Der arme Arthur ging wie benebelt auf der Party herum, zeigte den Leuten den Scheck und fragte, ob er träume. Alle erklärten ihm, der Scheck sei echt, und er ging zu Eliot zurück, um sich zu vergewissern, daß der Scheck kein Spaß war. Und dann bat er Eliot, fast hysterisch, ihm zu sagen, worüber er schreiben solle. ›Die Wahrheit!‹ sagte Eliot. ›Sie sind mein Schutzheiliger‹, erwiderte Arthur, ›und ich dachte, als mein Schutzheiliger könnten Sie mir...‹ Eliot sagte, er sei nicht sein Schutzheiliger, sondern ein Landsmann, der ihm Geld gebe, damit er die Wahrheit finde, was ganz etwas anderes sei. ›Stimmt, stimmt‹, meinte Arthur, ›so sollte es auch sein, aber ich dachte, Sie hätten vielleicht ein besonderes Thema im Sinn...‹ Nein, er sollte selbst das Thema wählen und ohne Furcht darangehen. Und ohne zu wissen, was er tat, grüßte ihn Arthur militärisch, obwohl er wahrscheinlich weder im Heer noch bei der Marine gedient hatte. Er wandte sich von Eliot ab und fragte die Leute, woran Eliot interessiert sei. Schließlich kam er wieder auf Eliot zu und erklärte ihm, er – Arthur – sei einmal auf Obstfarmen tätig gewesen und wolle eine Reihe von Gedichten darüber schreiben, was für elende Typen die Erntehelfer seien. Eliot nahm Haltung an, schaute auf Arthur nieder, mit blitzenden Augen, und sagte, daß es alle hören konnten: ›Mein Herr! Wissen Sie

nicht, daß die Rosewaters Gründer und Hauptaktien-
besitzer der Vereinigten Obstgesellschaft sind?‹«

»Das stimmt nicht!« sagte der Senator.

»Natürlich nicht«, sagte Sylvia.

»Hat die Stiftung zu jener Zeit überhaupt Aktien der
Vereinigten Obstgesellschaft gehabt?« erkundigte sich
der Senator bei McAllister.

»Nun, vielleicht fünftausend?«

»Nein, keine.«

»Keine«, stimmte ihm McAllister zu.

»Der arme Arthur wurde rot im Gesicht, drückte sich
beiseite, kam zurück und fragte Eliot sehr demütig, wer
sein Lieblingsdichter sei. ›Ich kann mich an seinen Namen nicht erinnern‹, sagte Eliot, ›und das tut mir leid,
weil er ein Gedicht geschrieben hat, das ich als einziges
auswendig gelernt habe.‹ Wo er es gelesen habe, fragte
Arthur... ›Es stand an der Wand der Herrentoilette
eines Bierlokals an der Grenze zwischen den Landkreisen
Rosewater und Brown in Indiana, das Zum Blockhaus
hieß.‹«

»Das ist unheimlich«, sagte der Senator. »Mein Gott,
das Blockhaus brannte um 1934 herum ab. Daß sich Eliot
daran erinnert hat!«

»War er je drin?« fragte McAllister.

»Einmal, bloß einmal, wenn ich mich nicht täusche«,
sagte der Senator. »Es war eine fürchterliche Räuber-
höhle, und wir hätten bestimmt nicht angehalten, wenn
sich der Motor nicht heißgelaufen hätte. Eliot muß zehn
oder zwölf gewesen sein. Und wahrscheinlich hat er tatsächlich die Toilette benutzt und dort etwas an die Wand
Geschriebenes gesehen, was er nicht wieder vergessen
hat.« Er nickte. »Wie unheimlich.«

»Wie hieß das Gedicht?« sagte McAllister.

Sylvia entschuldigte sich gegenüber den beiden alten Männern dafür, gewöhnlich sein zu müssen, und dann zitierte sie die beiden Zeilen, die Eliot damals vor Ulm zitiert hatte:

»Wir pissen nicht in Ihre Aschenbecher, also werfen Sie bitte Ihre Zigaretten nicht in unsre Urinbecken.«

»Der Dichter flüchtete weinend«, sagte Sylvia. »Monate danach fürchtete ich beim Aufmachen von Päckchen, ein Ohr von Arthur Garvey Ulm darin zu finden.«

»Er haßte die Künste«, sagte McAllister und kicherte.

»Er ist selbst ein Dichter«, meinte Sylvia.

»Das ist mir neu«, erklärte der Senator. »Ich hab' nie was Gedichtetes von ihm gesehen.«

»Manchmal hat er mir Gedichte geschrieben.«

»Wahrscheinlich ist er am glücklichsten, wenn er etwas an die Wände von öffentlichen Toiletten schreiben kann. Ich habe mich oft gefragt, wer so etwas eigentlich tut. Jetzt weiß ich es. Es ist mein poetischer Sohn.«

»Schreibt er wirklich was an Toilettenwände?« fragte McAllister.

»Ich habe gehört, er soll so etwas tun«, meinte Sylvia. »Es war unschuldig und anstößig zugleich. Als er noch in New York wohnte, hat man mir erzählt, er schreibe den gleichen Spruch an die Wände von Herrentoiletten in der ganzen Stadt.«

»Weißt du noch, was es war?«

»Ja. ›Wenn du ungeliebt und vergessen bist, sei wenigstens vernünftig.‹ Soviel ich weiß, ist das von ihm.«

In diesem Augenblick versuchte Eliot, sich mittels eines Roman-Manuskriptes in Schlaf zu lesen. Das Manuskript stammte von keinem anderen als von Arthur Garvey Ulm. Der Titel hieß »Kind mit Alraune« nach dem Vers eines Gedichts von John Donne. Die Widmung lautete: »Für Eliot Rosewater, meinen mitleidsvollen Türkis.« Darunter stand ein weiteres Zitat von Donne:

»Ein mitleidsvoller Türkis, der erblassend sagt,
   dem Träger geht's nicht gut, obgleich sich beklagt.«

Der Begleitbrief von Ulm führte aus, das Buch werde vom Palindrome Verlag noch vor Weihnachten herausgebracht und erscheine zusammen mit dem Werk »Die Wiege des Erotischen« auch bei einer Buchgemeinschaft.

»Ohne Zweifel haben Sie mich vergessen, mein mitleidsvoller Türkis«, stand unter anderem in dem Brief. »Der Arthur Garvey Ulm, den Sie kannten, war des Vergessens wert. Was für ein Feigling war er doch und was für ein Tor sich einzubilden, er sei ein Dichter! Und wie lange es gedauert hat, bis er genau verstand, wie großzügig und gut gemeint Ihre Grausamkeit war! Wie sehr es Ihnen gelang, mir zu erklären, was alles mit mir nicht stimmte und was ich dagegen tun sollte, und wie wenige Worte Sie dafür brauchten! Hier also, nach vierzehn Jahren, sind achthundert Seiten Prosa von mir. Ohne Sie hätte ich sie nicht schreiben können – aber Ihr Geld meine ich nicht. (Geld ist ein Scheißdreck, und das ist etwas, was ich in meinem Buch sagen will.) Nein, ich meine, daß Sie darauf bestanden, daß man über diese kranke, kranke Gesellschaft die Wahrheit sagt, und daß die Worte, um diese Wahrheit auszudrücken, an den Wänden der Toiletten gefunden werden können.«

Eliot konnte sich nicht daran erinnern, wer Arthur Garvey Ulm war, und darum wußte er auch nicht, welchen

Ratschlag er dem Mann gegeben haben sollte. Die Hinweise, die Ulm gab, waren zu undeutlich. Eliot war jedenfalls zufrieden, daß er jemandem einen nützlichen Ratschlag gegeben hatte, und war sogar begeistert, als Ulm erklärte: »Man soll mich erschießen, man soll mich aufhängen, aber ich habe die Wahrheit gesagt. Das Zähneknirschen der Pharisäer, der New Yorker Hochstapler und Spießer wird in meinen Ohren Musik sein. Mit Ihrer göttlichen Hilfe habe ich den Weingeist der Wahrheit über diese Leute aus der Flasche gelassen, und man wird ihn niemals wieder hineinkriegen!«

Eliot begann, begierig die Wahrheiten zu lesen, für die Ulm den Tod erwartete. »Erstes Kapitel. Ich drehte ihr den Arm um, bis sie die Beine öffnete, dann stieß sie einen kleinen Schrei aus, halb Freude, halb Schmerz (wer kennt sich schon mit den Frauen aus?), als ich den alten Rächer hineinrammte.«

Eliot bemerkte eine Versteifung an sich. »Ach, du lieber Gott«, sagte er zu seinem Fortpflanzungsorgan, »wie kommst du denn darauf?«

»Wenn er wenigstens ein Kind gemacht hätte«, sagte der Senator noch einmal. Und die Schwere seines Bedauerns wurde von dem Gedanken begleitet: daß es grausam war, so etwas zu der Frau zu sagen, die das erwünschte Kind nicht zur Welt gebracht hatte. »Du mußt einen alten Narren wie mich entschuldigen, Sylvia. Ich kann verstehen, wenn du sagst, Gott sei Dank ist kein Kind gekommen.«

Sylvia machte mit kleinen Gesten gewisse Experimente, die alle andeuteten, sie hätte ein solches Baby geliebt, aber es auch bemitleidet. »Für so etwas würde ich Gott nie danken.«

»Darf ich eine ganz persönliche Frage an dich richten?«

»Das tut das Leben immerzu.«

»Glaubst du, es ist im entferntesten möglich, daß er doch noch mal ein Kind zeugt?«

»Ich habe ihn drei Jahre lang nicht mehr gesehen.«

»Ich bitte dich um eine Erklärung.«

»Ich kann dir nur sagen«, meinte sie, »daß gegen Ende unserer Ehe eine Liebesvereinigung von uns kaum noch leidenschaftlich betrieben wurde. Früher einmal hatte er in solchen Dingen eine liebenswerte Leidenschaft, aber nicht in Sachen der eigenen Kinderzeugung.«

Der Senator nickte reuevoll. »Wenn ich nur besser auf mein eigenes Kind aufgepaßt hätte! Ich habe den Psychoanalytiker angerufen, zu dem Eliot in New York immer gegangen ist. Erst letztes Jahr habe ich ihn angerufen – was Eliot angeht, so scheine ich für ihn alles zwanzig Jahre zu spät zu machen. Die Sache ist die – ich habe es nie verstehen können, daß solch ein großartiger Bursche so sehr verkommen konnte.«

Mushari verbarg seine Neugier in bezug auf klinische Details der Eliotschen Krankheit und wartete gespannt darauf, daß jemand den Senator bat, fortzufahren. Niemand tat es, daher griff Mushari ein. »Und was hat der Arzt gesagt?«

Der Senator, der nichts Schlimmes ahnte, fuhr fort: »Diese Leute wollen nie zu einem darüber sprechen, worüber man selbst sprechen will. Immer über etwas anderes. Als er wußte, wer ich war, wollte er nicht über Eliot sprechen. Er wollte über das Rosewater-Gesetz sprechen.«

Dieses Rosewater-Gesetz sah der Senator als sein gesetzgeberisches Meisterstück an. Es verbot die Veröffentlichung oder den Besitz obszönen Materials bei Strafen bis zu fünfzigtausend Dollar und zehn Jahren Gefängnis, ohne Möglichkeit einer Bewährungsfrist. Es war ein Meisterstück, weil es Obszönität tatsächlich definierte:

»Obszön ist jedes Bild oder jede Schallplatte oder jedes Schriftstück, das die Aufmerksamkeit auf Geschlechtsorgane, Sekrete oder Körperhaare lenkt.«

»Dieser Psychoanalytiker«, klagte der Senator, »wollte etwas über *meine* Kindheit wissen. Er wollte etwas über meine Gefühle hinsichtlich Körperhaare wissen.« Der Senator schüttelte sich. »Ich bat, doch freundlicherweise von dem Thema abzukommen, und sagte ihm, daß meine Abneigungen, soweit ich wüßte, von allen anständigen Menschen geteilt würden.« Er wies auf McAllister, weil er einfach auf irgend jemanden weisen wollte. »Darin liegt der Schlüssel zur Pornographie. Andere Leute fragen, wie man denn Pornographie erkennen und von Kunst und so weiter unterscheiden könne. Ich habe dem Gesetz den Schlüssel dazu gegeben! Der Unterschied zwischen Pornographie und Kunst liegt im Körperhaar!«

Er wurde rot und entschuldigte sich voller Scham bei Sylvia. »Ich bitte dich um Verzeihung, Liebste.«

Mushari mußte ihn wieder auf das eigentliche Thema lenken. »Und der Arzt hat nichts über Eliot gesagt?«

»Der verdammte Arzt hat gesagt, Eliot hat ihm nie was anderes als nur bekannte geschichtliche Tatsachen erzählt, die sich fast alle auf die Unterdrückung von Außenseitern oder armen Leuten bezogen. Jede Diagnose, meinte er, die er über Eliots Krankheit geben würde, wäre nur unverantwortliche Spekulation. Als zutiefst besorgter Vater sagte ich ihm, er solle ruhig soviel, wie er wolle, über meinen Sohn spekulieren. Ich würde ihn dafür nicht zur Verantwortung ziehen. Ich wäre äußerst dankbar für alles, was er mir sagte, wahr oder nicht, weil mir selbst über meinen Jungen nichts mehr einfiele, schon seit Jahren nicht mehr. Er solle seinen rostfreien Stahl in das Gehirn eines alten Mannes stecken und ruhig drin herumrühren... Er sagte, ehe er mir erkläre, welches seine unverantwortlichen Gedanken seien, müsse er etwas über sexuelle Perversionen erklären. Und er würde Eliot in diese Erklärungen mit einbeziehen – wenn mich dies also zu sehr bewege, müßten wir aufhören. Ich forderte ihn auf, fortzufahren, weil ich alt genug sei, um durch irgendwelches Gerede noch betroffen zu werden. ›Gut‹, sagte er, ›nehmen wir an, daß ein gesunder junger Mann von einer hübschen Frau, die nicht seine Mutter oder Schwester ist, sexuell angezogen wird. Wenn er von anderen Dingen angezogen wird, von einem anderen Mann beispielsweise oder einem Regenschirm oder der Straußenfeder der Kaiserin Josephine oder einem Schaf oder einer Leiche oder seiner Mutter oder einem gestohlenen Hüfthalter, ist er das, was wir einen Perversen nennen.‹ Ich erwiderte, ich hätte immer schon gewußt, daß es solche Leute gibt, aber nie viel darüber nachgedacht, weil es darüber nicht viel nachzudenken zu geben schien. ›Schön‹, sagte er, ›das ist eine vernünftige Reaktion, Senator Rosewater, die mich, offen gestanden, überrascht. Wir wollen nun auch noch zugeben, daß jeder Fall einer Perversion im wesentlichen ein Kurzschluß ist. Mutter Natur und Gesellschaft legen es einem Menschen nahe, mit seinen Geschlechtsbedürfnissen zu einem bestimmten Ort zu gehen und bestimmte Dinge damit zu tun. Aber des Kurzschlusses wegen geht ein fehlgeleiteter Mensch geradenwegs zum falschen Ort und verrichtet dort stolz und energisch genau das Falsche. Und er kann von Glück sagen, wenn er von Polizisten nur zum Krüppel geschlagen statt von einer Menge gelyncht wird.‹ Zum erstenmal seit vielen Jahren fühlte ich Furcht, und ich sagte es dem Arzt. ›Schön‹, sagte er wiederum. ›Die größte Freude bei der Ausübung des Heilberufes erfährt man dann, wenn man einen Laien zur Furcht geführt hat und ihn dann zur Geborgenheit zurückführen kann. Eliot leidet also an Kurzschluß, aber das sexuell Falsche, wozu ihn dieser Kurzschluß gebracht hat, ist nicht unbedingt auch eine Katastrophe.‹ Was es denn sei? fragte ich und dachte gegen meinen Willen an Eliot, wie er Frauenunterwäsche stahl, Frauen in der Untergrundbahn Locken abschnitt und sich als Spanner betätigte.«

Der Senator aus Indiana schüttelte sich. »›Sagen Sie es mir, Doktor, sagen Sie mir auch das Schlimmste. Wohin bringt Eliot seine sexuellen Energien?‹ Und der Arzt erwiderte: ›Nach Utopia‹.«

Aus Enttäuschung mußte Norman Mushari niesen.

Siebentes Kapitel

Eliots Augenlider senkten sich, als er *Kind mit Alraune* las. Er blätterte willkürlich in dem Buch und hoffte, die Stellen zu finden, an denen die Spießer mit den Zähnen knirschten. Er fand eine Stelle, wo ein Richter verdammt wurde, weil er seine Frau niemals befriedigt hatte, und eine zweite, wo ein Werbeleiter von Waschmitteln sich betrank, die Wohnungstüren verschloß und das Hochzeitskleid seiner Mutter anlegte. Eliot runzelte die Stirn, versuchte sich einzubilden, daß solche Dinge gute bis mittelmäßige Köder für Spießer wären, aber es gelang ihm nicht. Jetzt las er, wie die Verlobte des Reklameleiters den Chauffeur ihres Vaters verführte. Recht zweideutig biß sie die Brustknöpfe seiner Uniform ab. Eliot Rosewater schlief fest ein.

Das Telefon klingelte dreimal.

»Hier ist die Rosewater-Stiftung. Wie können wir Ihnen helfen?«

»Mr. Rosewater«, sagte ein Mann verdrießlich, »Sie kennen mich nicht.«

»Hat man Ihnen gesagt, darauf käme es an?«

»Ich bin nichts, Mr. Rosewater. Weniger als nichts.«

»Dann hat Gott wohl einen ziemlich bösen Fehler gemacht, wie?«

»Bestimmt hat er das, als er mich machte.«

»Vielleicht bringen Sie Ihre Beschwerde an den richtigen Ort.«

»Was für ein Ort ist das denn?«

»Wie haben Sie von uns erfahren?«

»In der Telefonzelle ist das große schwarz-gelbe Plakat, wo draufsteht: ›Bring dich nicht um! Ruf die Rosewater-Stiftung an!‹ Und da steht Ihre Nummer drauf.« Solche Plakate waren in jeder Telefonzelle des Landkreises angebracht und außerdem an den hinteren Fenstern der Autos und Lastautos fast aller freiwilligen Feuerwehrleute. »Wissen Sie, was jemand mit Bleistift darunter geschrieben hat?«

»Nein.«

»›Eliot Rosewater ist ein Heiliger. Er gibt dir Liebe und Geld. Aber wenn du lieber das beste Schwanzstück im südlichen Indiana haben willst, ruf Melissa an.‹ Und dann steht noch Melissas Telefonnummer drunter.«

»Sie sind hierzulande ein Fremder?«

»Ich bin überall ein Fremder. Aber was sind Sie denn eigentlich – irgendwas Religiöses?«

»Zwei-Samenkörner-im-Geiste oder Baptisten der Vorsehung.«

»Was?«

»Das antworte ich den Leuten immer, wenn sie darauf bestehen, ich müsse eine Religion haben. Zufällig gibt es auch eine solche Sekte, und bestimmt ist es eine anständige. Da gehört das Waschen der Füße dazu, und die Pfarrer kriegen kein Gehalt. Ich wasche mir auch meine Füße, und ich kriege auch kein Gehalt.«

»Das verstehe ich nicht«, sagte der Mann, der anrief.

»Ein Mittel, um Sie zu beruhigen und Ihnen klarzumachen, mit mir braucht man nicht tödlich ernst zu sein. Sie sind wohl zufällig *kein* Mitglied der Sekte Zwei-Samenkörner-im-Geiste oder Baptisten der Vorsehung?«

»Um Himmels willen, nein.«

»Aber es gibt zweihundert Leute, die sind es tatsächlich, und früher oder später sag' ich zu einem von denen, was ich grade zu Ihnen gesagt habe.« Eliot trank einen Schluck. »Vor diesem Augenblick habe ich Angst – aber er kommt!«

»Sie reden wie ein Trinker. Und es hat sich so angehört, als hätten Sie gerade einen Schluck getrunken.«

»Sei es, wie es sei – wie können wir Ihnen helfen?«

»Wer sind Sie denn eigentlich?«

»Der Staat.«

»Was?«

»Der Staat. Wenn ich nicht die Kirche bin und ich die Leute immer noch daran hindern will, sich selber umzubringen, muß ich der Staat sein. Stimmt's?«

Der Mann murmelte etwas vor sich hin.

»Oder die Winterhilfe.«

»Ist das ein Witz?«

»Das muß ich selber wissen – und Sie müssen es raten.«

»Vielleicht bilden Sie sich ein, es ist witzig, Plakate für Leute anzubringen, die Selbstmord begehen wollen.«

»Wollen Sie das?«

»Wennschon!«

»Ich würde Ihnen aber nicht die großartigen Gründe angeben, die *ich* ausfindig gemacht habe, um weiterzuleben.«

»Und was *würden* Sie eventuell tun?«

»Ich würde Sie bitten, mir den untersten Preis dafür zu nennen, noch eine einzige Woche weiterzuleben.«

Der Mann schwieg.

»Haben Sie mich verstanden?« sagte Eliot.

»Jawohl.«

»Wenn Sie sich nicht umbringen, würden Sie bitte einhängen? Es wollen noch andere telefonieren!«

»Sie klingen total verrückt.«

»Aber Sie sind es, der sich umbringen will.«

»Was wäre, wenn ich behauptete, ich würde nicht eine Woche länger leben, selbst wenn ich eine Million Dollar hätte?«

»Ich würde sagen, gut, bringen Sie sich um. Aber wie wär's mit tausend?«

»Tausend.«

»Bringen Sie sich um! Wie wär's mit hundert?«

»Hundert.«

»Jetzt sind Sie vernünftig. Kommen Sie her und schütteln Sie Ihr Herz aus.« Er erklärte ihm, wo das Büro lag.

»Vor den Hunden bei der Feuerwehr brauchen Sie keine Angst zu haben«, sagte er noch. »Die beißen nur dann, wenn die Sirene geht.«

Apropos Sirene: Soviel Eliot bekannt war, war sie die lauteste Sirene in der ganzen westlichen Welt. Sie wurde betätigt durch einen 700-PS-Messerschmitt-Motor, der einen 30 PS starken elektrischen Anlasser hatte. Während des zweiten Weltkriegs war es die stärkste Sirene bei Fliegeralarm in Berlin. Die Rosewater-Stiftung hatte sie von der westdeutschen Regierung gekauft und anonym der Stadt geschenkt.

Als sie auf einem Lastwagen eintraf, konnte man auf einem Schildchen die Worte lesen: »Mit Grüßen des Spenders. Ein Freund.«

Eliot schrieb in einem großen Geschäftsbuch, das er sonst unter dem Feldbett liegen hatte. Es war in aufgerauhtes schwarzes Leder gebunden und hatte dreihundert linierte Seiten von beruhigendem Grün. Er nannte es sein Großes Reichsgrundbuch. In diesem Buch hatte er, vom ersten Tag der Tätigkeit der Stiftung in Rosewater an, den Namen eines jeden Kunden eingetragen, seine Sorgen und was die Stiftung dagegen getan hatte.

Das Buch war beinahe vollgeschrieben, doch nur Eliot und seine von ihm getrennt lebende Frau hätten alles erklären können, was drin stand. Was er jetzt gerade eintrug, war der Name des Mannes mit selbstmörderischen Absichten, der ihn angerufen hatte und gekommen und gegangen war – er war etwas verstimmt wieder weggegangen, als fürchtete er, belogen oder verspottet worden zu sein, ohne genau zu wissen, wie oder warum.

»Sherman Wesley Little«, schrieb Eliot. »Indy, se-WM-al-K2-Wk-3K3-K2NL-RS $ 300.« Dechiffriert bedeutete das: Little stammte aus Indianapolis, war ein selbstmörderischer Werkzeugmacher, arbeitslos, Kriegsteilnehmer am zweiten Weltkrieg, verheiratet, hatte drei Kinder, das zweite Kind litt an Nervenlähmung. Eliot hatte ihm ein Rosewater-Stipendium von dreihundert Dollar zugestanden.

Ein Rezept, das weit häufiger im Großen Reichsgrundbuch anzutreffen war als ein Stipendium, lautete »AW«. Dies stellte Eliots Empfehlung an Leute dar, die aus allen möglichen Gründen und doch keinem erkennbaren besonderen Grund gesunken waren: »Mein Lieber, machen Sie das Folgende – nehmen Sie eine Aspirintablette und trinken Sie danach ein Glas Wein.«

»FJ« bedeutete »Fliegenjagd«. Gewisse Leute fühlten sich manchmal unter allen Umständen dazu angehalten, etwas Gutes für Eliot zu tun. Er bat sie dann, zu einer bestimmten Zeit in sein Büro zu kommen, um Fliegen zu vertreiben. Während der Fliegenzeit war dies eine überaus anstrengende Arbeit, denn in den Fenstern waren keine Fliegengitter, und außerdem war das Büro durch einen fettigen Warmluftschacht im Fußboden direkt mit der stinkigen Küche der Imbißstube verbunden.

Die Fliegenjagden waren tatsächlich Riten; jeder hatte seinen eigenen Ritus. Es wurden keine gewöhnlichen Fliegenklappen benutzt, sondern die Männer verwendeten Gummibänder und die Frauen Becher mit lauwarmem Wasser und Seifenflocken.

Die Gummibandtechnik sah etwa so aus: Ein Mann hielt das Gummiband zwischen den Händen, zielte von einem Ende zum anderen und ließ es losschnappen, wenn eine Fliege über Kimme und Korn war. Eine Fliege, die auf diese Weise voll getroffen wurde, wurde oft zu nichts zerstäubt, was man auch an der besonderen Farbe der Eliotschen Wände und Türfüllungen erkennen konnte, die zum größten Teil getrocknetes Fliegenpüree war.

Die Becher-und-Seifenflocken-Technik dagegen sah so aus: Eine Frau sah sich nach einer Fliege um, die mit der Nasenspitze nach unten an der Wand saß. Die Frau brachte den Becher mit Seifenflocken unmittelbar und sehr vorsichtig unter die Fliege und zog aus der Tatsache, daß sich die Fliege bei Gefahr zuerst einige Zentimeter fallen lassen würde, ehe sie flog, entscheidenden Vorteil. Im Idealfall spürte die Fliege keine Gefahr, bis der Becher unmittelbar unter ihr war, und fiel dann erwartungsgemäß in die Seifenflocken und ertrank.

Von dieser Technik bemerkte Eliot oft: »Niemand hält sie für möglich, bis er sie ausprobiert. Dann aber will er sie nie wieder aufgeben.«

Am Ende des Geschäftsbuches stand ein unvollendeter Roman, den Eliot vor Jahren begonnen hatte, und zwar an einem Abend, als er schließlich begriffen hatte, daß Sylvia nie wieder zu ihm zurückkehren würde.

»Warum kehren so viele Seelen freiwillig auf die Erde zurück, wo sie doch immer wieder gescheitert und gestorben sind? Weil der Himmel eine solche Null ist. Über dem Perlentor sollten diese Worte eingraviert sein: *Ein kleines Nichts, o Herr, reicht eine lange, lange Zeit.*

Aber die einzigen Worte, die auf dem unendlichen Portal des Paradieses stehen, sind die Inschriften barbarischer Seelen. ›Willkommen zur bulgarischen Weltausstellung!‹ hat ein Beschwerdeführer mit Bleistift auf einen mit Perlen besetzten Ziergiebel geschrieben. ›Lieber rot als tot‹, heißt eine andere Inschrift.

›Du bist kein Mann, bis du nicht mit einer Schwarzen geschlafen hast‹, meint eine dritte. Jemand hat sie umgeschrieben zu: ›Du bist kein Mann, bis du nicht einmal den Tripper gehabt hast.‹

›Wo kann ich hier mit jemand schlafen?‹ fragt eine unzüchtige Seele an und erhält folgende Antwort: ›Versuch's mal im Obdachlosenasyl.‹

Mein eigener Beitrag:

Die an die Himmelswände schreiben:
Schneidet eure Scheiße in kleine Scheiben!
Die diese Zeilen jetzt hier singen,
Sollen diese Scheißescheiben verschlingen!

›Kublai Chan, Napoleon, Julius Cäsar und König Richard Löwenherz stinken‹, erklärt eine tapfere Seele. Die Behauptung wird nicht angezweifelt, und Proteste von seiten der Beleidigten sind nicht zu erwarten. Die unsterbliche Seele Kublai Chans wohnt jetzt in dem schwachen Fleisch der Frau eines Tierarztes in Lima im Lande Peru. Die unsterbliche Seele Bonapartes schaut aus dem heißen und festen Fleisch des vierzehnjährigen Sohns des Hafendirektors von Cotuit in Massachusetts. Der Geist des großen Cäsar macht es sich so bequem, wie er kann, im syphilitischen Fleisch einer Pygmäenwitwe auf den Andamanen. Löwenherz sieht sich wieder einmal auf einer seiner Reisen gefangengenommen, diesmal ist er Gefangener im Fleisch vom Fußballtrainer Letzinger, einem bemitleidenswerten Exhibitionisten und Sammler von Schundliteratur in Rosewater im Staate Indiana, der drei- oder viermal im Jahr mit dem Bus nach Indianapolis fährt, sich dafür aber nur mit Schuhen, Socken, Strumpfhaltern und darüber einem Regenmantel ausrüstet und sich noch eine Trillerpfeife um den Hals hängt: In Indianapolis geht er in die Abteilung für Tafelsilber in einem der großen Kaufhäuser, wo viele zukünftige Bräute ihr Tafelsilbermuster auswählen, trillert auf der Trillerpfeife, alle Mädchen drehen sich um und gukken, er öffnet weit den Regenmantel, schließt ihn wieder und rennt so schnell er kann, um den Bus nach Rosewater zu kriegen.

Der Himmel ist der langweiligste aller Orte, darum stehen die meisten Seelen Schlange, um wiedergeboren zu werden – und sie leben und lieben und scheitern und sterben, und dann stellen sie sich wieder an, um wiedergeboren zu werden. Sie versuchen eben ihr Glück, wie es im Sprichwort heißt. Sie betteln nicht viel darum, diese oder jene Rasse zu sein, dieses oder jenes Geschlecht, diese oder jene Nationalität, diese oder jene Klasse. Alles, was sie wollen und was sie auch kriegen, sind drei Dimensionen – und begreiflich kleine Päckchen an Zeit – und Begriffe, die es ihnen ermöglichen, die entscheidenden Unterschiede zwischen Innen und Außen zu machen.

Im Himmel gibt es kein Innen. Im Himmel gibt es kein Außen. Wenn man durch die Pforten geht, gleich, in welcher Richtung, geht man vom Nichts ins Nichts und vom All ins All. Man stelle sich einen Billardtisch vor, der so lang und breit ist wie die Milchstraße. Man vergesse dabei nicht, daß es eine fleckenlose Schiefertafel ist, auf die man grünen Filz geklebt hat. Man stelle sich genau in der Mitte der Tafel eine Pforte vor. Jeder, der sich das vorstellt, weiß alles, was er über das Paradies wissen muß – und wird mit jenen sympathisieren, die darauf versessen sind, den Unterschied zwischen Innen und Außen machen zu können.

So unfreundlich es im Himmel auch sein mag, gibt es doch einige unter uns, die nicht wiedergeboren werden möchten. Ich bin einer davon. Seit 1587 nach Christi Geburt bin ich nicht mehr auf der Erde gewesen; damals wurde ich, im Fleische einer gewissen Walpurga Hausmännin, in dem österreichischen Dorf Dillingen hingerichtet. Das angebliche Verbrechen meines Fleisches war Hexerei. Als ich das Todesurteil hörte, wollte ich aus der

Haut fahren. Ich wollte sowieso aus dieser Haut heraus, weil ich sie mehr als fünfundachtzig Jahre getragen hatte. Doch ich mußte drinbleiben, als sie mich quer über einen Sägebock spannten, den Sägebock auf einen Karren luden und mich zum Rathaus fuhren. Dort rissen sie mir den rechten Arm und die linke Brust mit glühendheißen Zangen aus. Dann fuhren wir zum unteren Tor, wo sie mir die rechte Brust ausrissen. Dann fuhren sie mich zur Tür des Hospitals, wo sie mir den rechten Arm ausrissen. Und dann fuhren sie mich zum Dorfplatz und banden mich auf den Holzstapel, verbrannten mich bei lebendigem Leibe und warfen meine Asche in den nächsten Fluß.

Wie gesagt, seitdem bin ich nicht auf die Erde zurückgekehrt.

Es war so, daß die meisten von uns, die nicht wieder auf die gute alte Erde zurück wollten, Seelen waren, deren Fleisch auf langsame und raffinierte Weise gequält worden war – eine Tatsache, die Anwälte der körperlichen Züchtigung und der Todesstrafe als Mittel der Verbrechensverhütung sehr zufrieden machen sollte. Aber letztlich sind merkwürdige Dinge passiert. Leute sind zu uns gekommen, die, nach Maßgabe unserer eigenen Todesschmerzen, auf Erden praktisch nichts durchgemacht haben. Sie haben sich kaum das Schienbein aufgeschrammt, und doch kommen sie hier haufenweise völlig schockiert an und rufen: ›Nie wieder!‹

›Was für Leute sind das?‹ frage ich mich. ›Was für ein unvorstellbar schreckliches Ereignis haben sie mitgemacht?‹ Und es ist mir klar, daß ich aufhören muß, tot zu sein, um die richtigen Antworten zu erhalten. Ich muß mich wieder zur Wiedergeburt stellen.

Mir ist gerade mitgeteilt worden, daß ich dorthin geschickt werden soll, wo die Seele von Richard Löwenherz jetzt lebt, nach Rosewater in Indiana.«

Eliots Telefon läutete.

»Hier ist die Rosewater-Stiftung. Wie können wir Ihnen helfen?«

»Mr. Rosewater«, sagte eine Frau mit tränenerstickter Stimme, »hier – hier ist Stella Wakeby.« Sie keuchte und wartete auf die Reaktion.

»Ah! Hallo!« sagte Eliot herzlich. »Wie nett, mal von Ihnen zu hören! Was für eine angenehme Überraschung!« Er wußte nicht, wer Stella Wakeby war.

»Mr. Rosewater – ich – ich habe Sie doch nie um etwas gebeten, nicht wahr?«

»Nein, wirklich nicht.«

»Eine Menge Leute, die viel weniger Kummer als ich haben, belästigen Sie doch die ganze Zeit.«

»Mir kommt es nie so vor, als belästige mich jemand. Es stimmt aber – manche Leute sehe ich öfter als andere.« Mit Diana Moon Glampers zum Beispiel hatte er so viel zu tun, daß er die Beziehungen zu ihr nicht mehr in sein Buch eintrug. Er wollte jetzt auf den Busch schlagen.

»Und ich habe oft an die schlimmen Sorgen gedacht, die Ihnen so sehr zu schaffen machen.«

»Ach, Mr. Rosewater, wenn Sie nur wüßten!« Sie brach in Tränen aus. »Wir haben immer gesagt, wir seien Senator-Rosewater-Leute und nicht Eliot-Rosewater-Leute!«

»Na, sehen Sie . . .«

»Wir haben uns immer selber weitergeholfen, egal, was kam. Wie oft bin ich Ihnen auf der Straße begegnet und habe weggeguckt, nicht, weil ich etwas gegen Sie gehabt hätte, sondern damit Sie wissen sollten, daß die Wakebys anständige Leute sind.«

»Das habe ich gewußt – und ich habe mich immer gefreut, über Sie nur Gutes zu hören.« Eliot konnte sich nicht daran erinnern, je eine Frau bemerkt zu haben, die weggeschaut hätte, und außerdem ging er so selten in der Stadt herum, daß er der übereifrigen Stella kaum Gelegenheit gegeben haben konnte, derart zu reagieren. Er nahm mit Recht an, daß sie in fürchterlicher Armut irgendwo am Rand der Stadt lebte und selten sich und ihre Lumpen zeigte und sich nur einbildete, sie führe auch in der Stadt ein Leben und jeder kenne sie. Wenn sie Eliot wirklich einmal auf der Straße begegnet war, was sicherlich der Fall gewesen war, dann hatte sich dieses Einmal in ihrem Kopf zu vielen Tausenden Malen vervielfacht – und jedes einzige Mal hatte sein eigenes dramatisches Licht und seinen Schatten gehabt.

»Letzte Nacht konnte ich nicht schlafen, Mr. Rosewater – und da bin ich spazierengegangen.«

»Das haben Sie schon oft gemacht.«

»Ach Gott, Mr. Rosewater – Vollmond, Neumond und gar kein Mond!«

»Und heut' abend regnet es.«

»Ich mag Regen.«

»Ich auch.«

»Und im Haus des Nachbarn war Licht.«

»Gott sei Dank gibt es Nachbarn.«

»Und ich hab' angeklopft, und sie haben mich eingelassen. Und ich hab' gesagt: ›Ich kann keinen einzigen Schritt mehr machen ohne etwas Hilfe. Wenn ich keine Hilfe kriege, ist es mir egal, wenn es kein Morgen mehr für mich gibt. Ich kann keine Senator-Rosewater-Person mehr sein!‹«

»Na, sehen Sie mal!«

»Also haben sie mich ins Auto gesetzt und zur nächsten Telefonzelle gefahren und gesagt: ›Ruf Eliot an. Er wird dir helfen.‹ Das hab' ich also getan.«

»Möchten Sie mich jetzt gleich besuchen – oder können Sie bis morgen warten?«

»Bis morgen.« Das war beinahe eine Frage.

»Großartig! Jederzeit, wenn es Ihnen paßt.«

»Jawohl, morgen. Es wird ein schöner Tag.«

»Gott sei Dank!«

»Na, na ...«

»Ach, Mr. Rosewater, Gott sei Dank, daß es Sie gibt!«

Eliot legte den Hörer auf. Das Telefon läutete sofort wieder.

»Hier ist die Rosewater-Stiftung. Wie können wir Ihnen helfen?«

»Du kannst damit anfangen, daß du dir das Haar schneiden läßt und dir einen neuen Anzug kaufst«, sagte eine Männerstimme.

»Was?«

»Eliot ...«

»Ja ...?«

»Du erkennst nicht mal meine Stimme?«

»Ich – es tut mir leid ...«

»Es ist dein gottverdammter Papa!«

»Ach, Papa!« sagte Eliot, fast lyrisch vor Liebe, Überraschung und Freude. »Wie schön, deine Stimme zu hören!«

»Du hast sie ja nicht mal erkannt.«

»Das tut mir leid. Du weißt ja – das Telefon läutet unaufhörlich.«

»Ach wirklich, wie?«

»Du weißt es.«

»Ich fürchte, ja.«

»Herrje – wie geht es dir denn?«

»Gut«, sagte der Senator mit sprühendem Sarkasmus. »Es könnte mir nicht besser gehen.«

»Freut mich, das zu hören.«

Der Senator fluchte.

»Was ist los, Papa?«

»Rede nicht mit mir, als wär' ich irgendein Säufer! Irgendein Zuhälter! Irgendeine verrückte Waschfrau!«

»Was hab' ich denn gesagt?«

»Es ist dein verdammter Ton!«

»Es tut mir leid.«

»Ich spüre schon, wie du mir gleich sagen wirst, ich soll eine Aspirintablette in einem Glas Wein einnehmen. Sprich nicht zu mir, als stünde ich *unter* dir!«

»Es tut mir leid.«

»Ich brauche keinen, der die letzte Teilzahlung für meinen Motorroller übernimmt.« Eliot hatte dies tatsächlich einmal für einen seiner Kunden getan. Der Kunde brachte sich und seine Freundin zwei Tage später um, indem er in Bloomington gegen einen Baum fuhr.

»Ich weiß das.«

»Er weiß, ich brauche keinen«, sagte der Senator zu irgend jemandem bei sich am Telefon.

»Du – du klingst so böse und unglücklich, Papa.« Eliot war wirklich besorgt.

»Es wird vorübergehen.«

»Ist es was Besonderes?«

»Kleine Sachen, Eliot, kleine Sachen – wie zum Beispiel, daß die Rosewater-Familie ausstirbt.«

»Wie kommst du darauf?«

»Sag mir bloß nicht, du bist schwanger.«

»Denkst du nicht an die Verwandten in Rhode Island?«

»Du tröstest mich. Die hatte ich ganz vergessen.«

»Jetzt klingst du sarkastisch.«

»Es liegt an der Leitung. Erzähl mir was Schönes von da draußen, Eliot. Gib mir altem Idioten mal etwas Auftrieb.«

»Mary Moody hat Zwillinge gekriegt.«

»Schön! Schön! Großartig! Irgend jemand sorgt schon für Nachkommenschaft. Und welche Namen hat Miss Moody diesen neuen kleinen Bürgern gegeben?«

»Foxtrott und Melodie.«

»Eliot...«

»Papa...?«

»Sieh dich mal genau an.«

Pflichtschuldigst schaute sich Eliot, auch ohne Spiegel, so gut an, wie er konnte. »Ich bin dabei.«

»Jetzt frage dich: ›Träume ich? Wie bin ich überhaupt in solchen schlimmen Zustand geraten?‹«

Wiederum pflichtschuldigst fragte sich Eliot, ohne die Spur von Ironie: »Träume ich? Wie bin ich überhaupt in solchen schlimmen Zustand geraten?«

»Also? Wie lautet die Antwort?«

»Es ist kein Traum«, erwiderte Eliot.

»Möchtest du nicht vielleicht, es wäre einer?«

»Und wenn ich dann aufwachte?«

»Dann wärst du wieder du selbst.«

»Soll ich vielleicht wieder Ölgemälde für Museen einkaufen? Wärst du dann stolz auf mich, wenn ich zwei und eine halbe Million Dollar dazu beisteuerte, ›Aristoteles bei der Betrachtung der Büste Homers‹ von Rembrandt zu kaufen?«

»Mach aus der Diskussion keine Komödie.«

»Ich habe das nicht gemacht. Schiebe die Schuld auf jene Leute, die so viel Geld für solche Bilder ausgeben. Ich habe Diana Moon Glampers eine Fotografie von jenem Rembrandt gezeigt, und sie hat gesagt: ›Vielleicht bin ich dumm, Mr. Rosewater, aber ich würde das nicht bei mir im Haus aufhängen.‹«

»Eliot...«

»Papa...?«

»Frage dich, was Harvard jetzt von dir denken würde.«

»Das brauch ich nicht. Ich weiß es schon.«

»So?«

»Sie lieben mich geradezu. Du solltest mal die Briefe sehen, die ich kriege.«

Der Senator nickte resigniert vor sich hin, weil er wußte, daß die Anspielung auf Harvard falsch gewesen war; denn Eliot sprach die Wahrheit, als er von den Harvard-Briefen erzählte, die voller Hochachtung waren.

»Schließlich«, sagte Eliot, »herrje, kriegen die Brüder dreihunderttausend Dollar im Jahr von mir, regelmäßig wie nach der Uhr, seitdem die Stiftung existiert. Du solltest die Briefe mal sehen!«

»Eliot...«

»Papa...?«

Wir kommen jetzt zu einem äußerst ironischen Augenblick in unserer Geschichte, denn Senator Rosewater fragt seinen Sohn: »Bist du Kommunist, oder bist du je einer gewesen?«

»Nun, ich habe das, was viele Leute wahrscheinlich kommunistische Ideen nennen würden«, sagte Eliot ohne Verstellung, »aber mein Gott, Papa, niemand kann sich mit armen Leuten abgeben, ohne ab und zu über Karl

Marx zu stolpern – oder ohne über die Bibel zu stolpern. Ich finde es schrecklich, daß bei uns die Leute nichts mit anderen teilen. Ich finde es herzlos von unserem Staat, daß er ein Baby mit einem großen Stück Land auf die Welt kommen läßt, wie zum Beispiel mich, und ein anderes Baby ohne irgend etwas. Das wenigste, was ein Staat tun könnte, will mir scheinen, wäre doch, alles gleichmäßig unter den Babys zu verteilen. Das Leben ist schwer genug, ohne daß sich die Menschen auch noch wegen Geld krank ärgern müssen. Es gibt bei uns genug für uns alle, wenn wir nur mehr teilten.«

»Und was würdest du damit hinsichtlich der Arbeitsmoral erreichen?«

»Du meinst die Angst, nicht genug zu essen zu haben, nicht die Arztrechnung bezahlen zu können, der Familie keine schönen Sachen kaufen zu können oder ihnen eine sichere, helle, bequeme Wohnung geben zu können, eine anständige Erziehung und auch ein bißchen Unterhaltung? Du meinst die Scham, nicht zu wissen, wo der Geld-Fluß fließt?«

»Der was?«

»Der Geld-Fluß, wo der Reichtum der Nation fließt. Wir sind an seinen Ufern geboren – wie die meisten der durchschnittlichen Menschen, mit denen zusammen wir groß wurden, auf Privatschulen gingen, segelten und Tennis spielten. Wir können von diesem mächtigen Fluß nach Herzenslust schlürfen. Und wir haben sogar Schlürf-Unterricht, damit wir wirksamer schlürfen können.«

»Schlürf-Unterricht?«

»Von Rechtsanwälten! Von Steuerberatern! Von Einkäufern! Wir sind dicht genug am Fluß geboren, um uns und die nächsten zehn Generationen im Reichtum zu ersäufen. Aber wir nehmen uns immer noch Fachleute, die uns die Verwendung von Wasserleitungen, Dämmen, Reservoirs, Siphons, Wassereimerträgern und der Archimedischen Schraube erklären sollen. Und unsere Fachleute werden ebenfalls reich, und deren Kinder nehmen wiederum Unterricht im Schlürfen.«

»Mir war nicht bewußt, daß ich schlürfe.«

Eliot war so herzlos, weil er aus Ärger nur in allgemeinen Begriffen dachte. »Geborene Schlürfer sind sich dessen nie bewußt. Und sie können sich nicht vorstellen, wovon die armen Leute reden, wenn sie sagen, sie hören jemanden schlürfen. Sie wissen nicht einmal, was es bedeutet, wenn jemand den Geld-Fluß erwähnt. Wenn einer von uns behauptet, es gäbe keinen Geld-Fluß, denke ich bei mir: Herrje, das ist aber wahrhaftig unehrlich und geschmacklos!«

»Wie anregend, gerade dich von Geschmacklosigkeiten reden zu hören«, sagte der Senator mürrisch.

»Soll ich vielleicht wieder zur Oper gehen? Soll ich mir vielleicht ein Traumhaus in einem Traumdorf bauen und segeln und segeln und segeln?«

»Kümmerst du dich denn darum, was du sollst?«

»Ich gebe zu, es ist kein Paradies, in dem ich lebe. Aber wie sollte es auch, wenn die anderen Amerikaner so schlimm dran sind?«

»Wenn sie aufhörten, an solche verrückten Dinge wie den Geld-Fluß zu glauben, und arbeiten würden, würden sie vielleicht nicht mehr so schlimm dran sein.«

»Wenn es keinen Geld-Fluß gibt, wie könnte ich dann zehntausend Dollar am Tag verdienen, bloß beim Dösen und Mich-Kratzen und gelegentlich beim Telefonieren?«

»Es ist für einen Amerikaner immer noch möglich, sich selbst ein Vermögen zu verdienen.«

»Sicher – vorausgesetzt, jemand sagt ihm, wenn er noch jung ist, daß es einen Geld-Fluß gibt, daß das nichts mit Anstand zu tun hat, daß er lieber schwere Arbeit und auch solche Ideen wie Verdienst und Ehre und den ganzen Blödsinn links liegenlassen soll und sich an den Fluß begibt. ›Geh hin, wo die Reichen und Mächtigen sind‹, würde ich ihm sagen, ›und mache dich mit ihren Mitteln bekannt. Man kann ihnen schmeicheln und Angst einjagen, mächtig gefallen und mächtig das Fürchten beibringen, und eines Nachts, wenn kein Mond scheint, werden sie den Finger an die Lippen legen und dich warnen, keinen Laut von dir zu geben. Und durch die Dunkelheit werden sie dich zum breitesten und tiefsten Fluß des Reichtums führen, den je Menschen gesehen haben. Man wird dir deinen Platz am Ufer anweisen und dir einen eigenen Eimer geben. Schlürf, soviel du willst, aber sieh zu, daß du mit deinem Schlürfen nicht so viel Lärm machst. Ein Armer könnte es hören.‹«

Der Senator fluchte.

»Warum fluchst du, Papa?« Die Frage wurde zärtlich gestellt. Der Senator fluchte abermals.

»Ich wünschte mir, zwischen uns gäbe es nicht diese Bitterkeit, diese Spannung, jedesmal wenn wir zusammen reden. Ich liebe dich doch so sehr.«

Es wurde weiter geflucht, was durch die Tatsache, daß der Senator dicht am Weinen war, noch schwerer wog.

»Warum fluchst du, wenn ich sage, ich liebe dich so sehr, Papa?«

»Du bist wie ein Mann, der mit einer Rolle Klopapier an der Ecke steht, und auf jedem Blatt steht ›Ich liebe dich‹. Und jeder Passant, egal, wer, kriegt ein Blatt ab. Aber ich will kein Blatt davon abhaben.«

»Ich wußte nicht, daß es Klopapier war.«

»Bis du nicht aufhörst zu trinken, weißt du überhaupt nichts!« rief der Senator mit gebrochener Stimme. »Jetzt kommt deine Frau ans Telefon. Weißt du, daß du sie verloren hast? Weißt du, was für eine gute Frau sie dir war?«

»Eliot...?« Sylvia seufzte ihren Gruß ängstlich ins Telefon. Das Mädchen wog nicht mehr als ein Brautschleier.

»Sylvia...« Das klang formell, männlich, doch ungleichmäßig. Eliot hatte ihr tausendmal geschrieben und sie tausendmal angerufen. Bis jetzt hatte es keine Antwort gegeben.

»Ich – ich weiß, daß ich mich schlecht verhalten habe.«

»Solange das Verhalten menschlich war...«

»Kann ich etwas anderes als menschlich sein?«

»Nein.«

»Irgend jemand?«

»Nicht daß ich wüßte.«

»Eliot...?«

»Ja?«

»Wie geht's euch?«

»Hier?«

»Überall.«

»Gut.«

»Das freut mich.«

»Wenn – wenn ich mich nach bestimmten Leuten erkundige, muß ich weinen«, sagte Sylvia.

»Frage nicht.«

»Aber ich mag sie doch noch, auch wenn mir die Ärzte sagen, ich darf nicht mehr zu ihnen hin.«

»Frage nicht.«

»Hat jemand ein Baby gekriegt?«

»Frage nicht.«

»Hast du nicht Papa von einem Baby erzählt?«

»Frage nicht.«

»Wer hat ein Baby gekriegt, Eliot? – Ich möchte es wissen.«

»Herrje, frage nicht.«

»Aber ich möchte es doch wissen!«

»Mary Moody.«

»Zwillinge?«

»Natürlich.« Eliot gab damit zu verstehen, daß er keine Illusionen über die Leute hatte, denen er sein Leben widmete. »Und wahrscheinlich ebenfalls Brandstifter.« Die Familie Moody hatte eine lange Geschichte, die nicht nur Zwillinge betraf, sondern auch Brandstiftung.

»Sind sie niedlich?«

»Ich habe sie nicht gesehen.« Mit einer besonderen Gereiztheit, die immer zwischen ihm und Sylvia existiert hatte, fügte er hinzu: »Sie sind immer niedlich.«

»Hast du Ihnen schon Geschenke geschickt?«

»Wie kommst du darauf, daß ich noch immer Geschenke schicke?« Dies bezog sich auf Eliots alte Gewohnheit, jedem im Landkreis geborenen Baby eine Aktie der IBM zu schicken.

»Du tust das nicht mehr?«

»Doch, ich tue es noch.« Eliot schien jedoch nicht mehr zu wollen.

»Du kommst mir müde vor.«

»Es muß an der Leitung liegen.«

»Erzähl mir noch andere Neuigkeiten.«

»Meine Frau läßt sich aus medizinischen Gründen von mir scheiden.«

»Können wir diese Neuigkeit nicht übergehen?« Das war kein leichtfertiger Vorschlag. Es war ein tragischer. Die Tragödie ließ sich nicht diskutieren.

»Hoppe, hoppe Reiter«, sagte Eliot sinnlos.

Eliot trank einen Schluck Whisky und war unzufrieden. Er hustete, und sein Vater hustete auch. Dieses zufällige, unbeabsichtigte Zusammentreffen von Vater und Sohn wurde nicht nur von Sylvia mitgehört, sondern auch von Norman Mushari. Mushari war aus dem Wohnzimmer geschlüpft und hatte im Arbeitszimmer des Senators ein Telefon gefunden, von dem aus er der Unterhaltung folgen konnte.

»Ich – ich glaube, ich muß mich jetzt verabschieden«, sagte Sylvia voller Schuld. Sie weinte.

»Das müssen wir wohl deinem Arzt überlassen.«

»Grüß – grüß alle von mir.«

»Ich werde es tun.«

»Sag ihnen, ich träume immerzu von ihnen.«

»Das wird sie stolz machen.«

»Gratuliere Mary Moody zu den Zwillingen.«

»Jawohl. Morgen werde ich sie taufen.«

»Taufen?« Das war etwas Neues.

Mushari rollte mit den Augen.

»Ich – ich hab' gar nicht gewußt, daß du so etwas tust«, sagte Sylvia vorsichtig.

Mushari freute sich, in ihrer Stimme Angst zu hören. Für ihn bedeutete das, daß Eliots Wahn nicht stillstand, sondern sich darauf vorbereitete, den großen Sprung vorwärts ins Reich der Religion zu machen.

»Ich konnte mich nicht herausreden«, sagte Eliot. »Sie bestand darauf, und sonst wollte es keiner übernehmen.«

»Ach so.« Sylvia beruhigte sich.

Mushari zeigte keine Enttäuschung. Der Taufakt würde vor Gericht sehr gut als Beweis dafür dienen, daß Eliot sich als Messias ansah.

»Ich habe ihr erklärt«, sagte Eliot (und Musharis Bewußtsein, das mit verschiedenen Sicherheitsvorrichtungen ausgerüstet war, lehnte es ab, auch dies als Beweis zu akzeptieren), »daß ich keine Kirchenperson sei, beim besten Willen nicht. Ich habe ihr erklärt, daß nichts, was ich tue, auch im Himmel nützlich sei, aber sie bestand trotzdem darauf.«

»Was wirst du sagen? Was wirst du tun?«

»Hm, ich weiß noch nicht.« Eliots Kummer und Erschöpfung verschwanden für den einen Augenblick lang, den er sich mit dem Problem näher beschäftigte. Ein kleines Lächeln, wie von einem Vogel, spielte um seine Lippen. »Ich werde wahrscheinlich zu ihrer Hütte gehen, über die Babys ein wenig Wasser spritzen und sagen: ›Hello, Babys. Willkommen auf Erden. Im Sommer ist es heiß und im Winter kalt. Es ist rund und naß und voll hier. Grob geschätzt habt ihr etwa hundert Jahre hier. Es gibt nur eine Regel, Babys, die ich kenne –: Verdammt noch mal, ihr müßt anständig sein.‹«

Achtes Kapitel

An diesem Abend kam man zu dem Entschluß, daß sich Eliot und Sylvia noch ein letztes Mal im Bluebird-Raum des Marott-Hotels in Indianapolis treffen sollten, und zwar in drei Tagen. Dies war sehr gefährlich für zwei Leute, die so krank und liebevoll waren. Das Übereinkommen wurde in einem Chaos von Gemurmel und Geflüster und kleinen Schreien der Einsamkeit getroffen, die am Ende des Telefonats zusammentrafen.

»Ach, Eliot, sollen wir es wirklich tun?«

»Ich glaube, wir müssen es.«

»Müssen es«, gab sie zurück.

»Findest du nicht auch, daß – daß wir müssen?«

»Ja.«

»So ist das Leben.«

Sylvia wiegte den Kopf hin und her. »Ach, die verfluchte Liebe – die verfluchte Liebe.«

»Es wird nett werden. Ich verspreche es dir.«

»Ich auch.«

»Ich kauf' mir einen neuen Anzug.«

»Bitte nicht – nicht meinetwegen.«

»Dann eben wegen des Bluebird-Raums.«

»Gute Nacht.«

»Ich liebe dich, Sylvia. Gute Nacht.«

Es gab eine Pause.

»Gute Nacht, Eliot.«

»Ich liebe dich.«

»Gute Nacht. Ich habe Angst. Gute Nacht.«

Diese Unterhaltung machte Norman Mushari Kummer; er legte den Telefonhörer, mit dem er das Gespräch abgelauscht hatte, wieder auf die Gabel. Für seine Pläne war es von entscheidender Bedeutung, daß Sylvia von Eliot kein Kind kriegte. Ein Kind in ihrem Leib würde einen nicht zu widerlegenden Anspruch auf Kontrolle der Stiftung darstellen, ob nun Eliot verrückt war oder nicht. Und Mushari träumte davon, daß die Kontrolle auf Eliots zweiten Cousin, Fred Rosewater, überging, der in Pisquontuit im Staate Rhode Island wohnte.

Fred wußte von alledem nichts, nicht einmal genau, ob

er überhaupt mit den Indiana-Rosewaters verwandt war. Die Indiana-Rosewaters wußten von ihm nur darum, weil McAllister, Robjent, Reed und McGee als gründliche Anwälte einen Genealogen und einen Privatdetektiv beauftragt hatten, um ausfindig zu machen, wer die nächsten Verwandten namens Rosewater wären. Die vertrauliche Akte über Fred im Rechtsanwaltsbüro war dick, wie Fred selber, obwohl die Untersuchung diskret geführt worden war. Fred konnte sich nicht im geringsten die Möglichkeit vorstellen, einmal zu Reichtum und Ruhm zu gelangen.

Am Morgen nach Eliots und Sylvias Übereinkunft, sich noch einmal zu treffen, fühlte sich Fred wie ein gewöhnlicher oder etwas weniger als gewöhnlicher Mann, dessen Zukunft trübe war. Er kam gerade aus dem Pisquontuit Drugstore, blinzelte im Sonnenlicht, holte dreimal tief Atem und ging in die Imbißstube nebenan.

Der arme, kummervolle Fred verbrachte die Vormittage damit, im Drugstore, der die Frühstückshalle der Reichen war, und in der Imbißstube, die die Frühstückshalle der Armen war, nach möglichen Abnehmern von Versicherungspolicen zu suchen. Er war der einzige Mann in der Stadt, der zweimal frühstückte.

Fred drückte sich mit seinem Bauch gegen das Büfett und lächelte einen Zimmermann und zwei Rohrleger an, die dort saßen. Er kletterte auf den runden Sitz, und sein großer Hintern ließ das Sitzkissen nicht größer als ein Sahnebaiser scheinen.

»Kaffee und dänischen Plunder, Mr. Rosewater?« fragte das nicht sehr saubere, blöde Mädchen hinter dem Büfett.

»Kaffee und dänischer Plunder klingt wirklich prima«,

sagte Fred im Brustton der Überzeugung. »An einem solchen Morgen, bei Gott, klingt Kaffee und dänischer Plunder wirklich prima.«

Etwas über Pisquontuit: es wurde »Pon-it« ausgesprochen, und zwar von jenen, die es mochten; die anderen, die es nicht mochten, sagten »Piss-on-it«. Früher einmal hatte es einen Indianerhäuptling gegeben, der Pisquontuit geheißen hatte.

In Pisquontuit trug man gern Schürzen und lebte davon, daß man Muscheln, Himbeeren und Hagebutten verkaufte. Solche Landwirtschaft wäre für den Indianerhäuptling Pisquontuit neu gewesen. Umgekehrt waren nun Zelt, Federn und Bogen unmodern geworden.

Alkohol hatte man am liebsten. Pisquontuit ersäufte sich darin im Jahre 1638.

Viertausend Monde später war das Dorf, das nun unsterblich geworden war, von zweihundert sehr reichen Familien bewohnt und von tausend gewöhnlichen Familien, die so oder so den Reichen dienten.

Das Leben, das man dort führte, war meistenteils schal; es fehlte ihm an Verfeinerung, Weisheit, Witz und Phantasie – und war genauso sinnlos und unglücklich wie das Leben, das man in Rosewater in Indiana führte. Geerbte Millionen halfen nicht. Auch nicht Künste und Wissenschaften.

Fred Rosewater konnte gut segeln und hatte die Princeton-Universität besucht, weswegen er auch bei den Reichen verkehren durfte, obgleich er für Pisquontuit eigentlich fürchterlich arm war. Sein Haus war ein schäbiges kleines braunes Schindelhaus nach Schema F, eine Meile entfernt von der glänzenden Strandpromenade.

Der arme Fred arbeitete wie verrückt, um ab und zu ein paar Dollar nach Haus zu bringen. Im Augenblick arbeitete er ebenfalls und lächelte den Zimmermann und die beiden Rohrleger in der Imbißstube an. Die drei Arbeiter lasen ein Skandalblättchen, eine überall erscheinende Wochenzeitschrift, die sich mit Mord, Sexualgeschichten, jungen Tieren und Kindern beschäftigte – vorwiegend verkrüppelten Kindern. Es nannte sich »Der amerikanische Spiegel, der Welt interessanteste Zeitung«. »Der amerikanische Spiegel« hatte in der Imbißstube die gleiche Funktion wie das »Wall Street Journal« im Drugstore.

»Ihr tut was für euren Geist, wie gewöhnlich«, bemerkte Fred. Er sagte es so leichthin wie Schaumkrem.

Die Arbeiter hatten für Fred eine mißtrauische Hochachtung. Sie versuchten, das nicht ernst zu nehmen, was er verkaufte, doch im Herzen wußten sie, er bot ihnen das einzige Mittel zum Reichwerden an, das ihnen zur Verfügung stand: sich versichern zu lassen und bald zu sterben. Und es war Freds düsteres Geheimnis, daß er ohne diese Leute und ohne die Qual einer solchen Vorstellung keinen Pfennig besitzen würde. Seine ganzen Geschäfte machte er mit der Arbeiterklasse. Sein Umgang mit den Reichen vom Segelklub im Drugstore nebenan war nur Bluff. Es machte auf die Armen Eindruck, sich vorzustellen, daß Fred auch den Reichen Versicherungspolicen verkaufte – aber es stimmte nicht. Die Versicherungen der Reichen wurden in Banken und Rechtsanwaltsbüros gemacht.

»Was gibt's denn heute für Nachrichten aus dem Ausland?« erkundigte sich Fred. Das war ein weiterer Witz zum Thema »Der amerikanische Spiegel«.

Der Zimmermann hielt die Zeitung hoch, so daß Fred

die erste Seite sehen konnte. Diese Seite trug eine große Überschrift und das Bild einer hübschen jungen Frau. Die Überschrift lautete:

Ich will einen Mann, der
mir ein echtes Baby
machen kann!

Das Mädchen war Tänzerin. Ihr Name Randy Herald.

»Es würde mir ein Vergnügen sein, das Problem der Dame zu lösen«, sagte Fred, wiederum leichthin.

»Mein Gott«, sagte der Zimmermann, nickte mit dem Kopf und knirschte mit den Zähnen, »wer würde das nicht wollen?«

»Meinst du etwa, ich meine das im Ernst?« Fred grinste Randy Herald höhnisch an. »Ich würde meine Braut nicht gegen zwanzigtausend Randy Heralds eintauschen!« Er wurde jetzt absichtlich sentimental. »Und ich glaube, auch ihr Kerls würdet eure Bräute nicht eintauschen.« Für Fred war eine »Braut« jede Frau mit einem versicherungsfähigen Ehemann.

»Ich kenne eure Bräute«, fuhr er fort, »und jeder von euch müßte ja verrückt sein, wenn er tauschen wollte.« Er nickte. »Hier sitzen vier zufriedene Kerls, und das sollten wir wirklich nicht vergessen. Vier wunderbare Bräute haben wir, und damit Schluß, und ab und zu sollten wir Gott dafür danken.«

Fred rührte in der Kaffeetasse. »Ohne meine Braut wäre ich gar nichts, und das weiß ich ganz genau.« Seine »Braut« hieß Caroline. Caroline war die Mutter eines häßlichen, fetten kleinen Jungen, des armen kleinen Franklin Rosewater. Caroline hatte sich in letzter Zeit häufig zum Lunch mit einer reichen Lesbierin namens Amanita Buntline betrunken.

»Ich hab' für sie getan, was ich kann«, erklärte Fred. »Gott weiß, es ist noch nicht genug. Nichts wäre genug.« In seiner Kehle war ein Kloß. Er wußte, der Kloß mußte in der Kehle sein, und es mußte ein wirklicher Kloß sein, oder er würde seine Versicherungspolicen nicht an den Mann bringen. »Aber etwas kann sogar ein armer Mann für seine Braut tun.«

Fred rollte sentimental mit den Augen. Er war zweiundvierzigtausend Dollar wert, wenn er tot war.

Fred wurde natürlich oft gefragt, ob er mit dem berühmten Senator Rosewater verwandt war. Freds bescheidene, unwissende Antwort war etwa: »Irgendwo, irgendwie, nehme ich an – lang, lang ist's her.« Wie die meisten Amerikaner mit wenig Geld wußte Fred nichts von seinen Ahnen.

Immerhin gab er folgende Information: Die Rhode-Island-Linie der Rosewater-Familie stammte von George Rosewater ab, dem jüngeren Bruder des berüchtigten Noah. Im Bürgerkrieg hatte George eine Kompanie von Indiana-Infanteristen zusammengestellt und war mit ihnen losmarschiert, um zu der fast legendären Brigade vom Schwarzen Hut zu stoßen. Unter Georges Kommando stand auch Noahs Ersatzmann, der Rosewater-Dorfidiot Fletcher Moon. Aus Moon wurde von Stonewall Jacksons Artillerie Hackepeter gemacht, und zwar bei der zweiten Schlacht von Bull Run.

Während des Rückzugs durch den Schlamm nach Alexandria nahm sich Hauptmann Rosewater die Zeit, an seinen Bruder Noah folgende Mitteilung zu schreiben:

»Fletcher Moon hielt sich an die Abmachung, soweit er eben konnte. Wenn Du Dich daran stößt, daß Deine beträchtliche Kapitalsanlage so schnell verbraucht worden ist, schlage ich vor, daß Du an General Pope wegen einer Teilrückzahlung schreibst. 's wär' gut, wenn Du hier wärst. George.«

Darauf erwiderte Noah:

»Das mit Fletcher Moon tut mir leid, aber, wie die Bibel sagt, ›Auge um Auge, Zahn um Zahn‹. Beiliegend einige Rechtspapiere, die auf Deine Unterschrift warten. Sie ermächtigen mich, Deine Hälfte der Farm und der Sägenfabrik bis zu Deiner Rückkehr zu verwalten und so weiter. Wir machen hier zu Haus viel durch. Alles geht an die Truppe. Ein Dankeswort von der Truppe wäre am Platze. Noah.«

Zur Zeit der Schlacht von Antietam war George Rosewater Oberstleutnant und hatte merkwürdigerweise den kleinen Finger beider Hände verloren. Bei Antietam wurde ihm das Pferd unterm Leib weggeschossen, er stürmte zu Fuß weiter, übernahm die Regimentsfarben von einem sterbenden Jungen und hatte nur noch eine zersplitterte Fahnenstange in der Hand, als ein feindliches Geschoß das Fahnentuch hinwegtrug. Er stürmte weiter und tötete mit der Fahnenstange einen Feind. Im Augenblick des Tötens schoß einer seiner eigenen Männer eine Muskete ab, die jedoch noch den Ladestock im Lauf hatte. Durch die Explosion erblindete Oberst Rosewater für immer.

George kehrte in den Landkreis Rosewater als General, doch nicht mit einer Generalspension zurück. Die Leute fanden, er war bemerkenswert fröhlich. Und sein Frohsinn schien nicht im geringsten zu schwinden, als ihm von Bankiers und Anwälten – die ihm als seine Augen dienten – eröffnet wurde, daß er nichts mehr besaß, weil er alles Noah vermacht hatte. Noah war unglücklicherweise nicht anwesend, um diese Dinge persönlich zu erläutern. Die Geschäfte erforderten es, daß er die meiste Zeit in Washington, New York und Philadelphia verbrachte.

»Hm«, sagte George und lächelte immer noch, »wie die Bibel uns sagt, Auge um Auge, Zahn um Zahn.«

Die Anwälte und Bankiers fühlten sich etwas benachteiligt, weil George aus dieser Erfahrung, die für jeden anderen äußerst wichtig gewesen wäre, durchaus keine Moral ziehen wollte. Einer der Anwälte, der die Moral hatte aufzeigen wollen, wenn George ärgerlich geworden wäre, konnte sich nicht verbeißen, sie auf jeden Fall klarzumachen, obgleich George lachte. Der Anwalt sagte: »Man sollte Papiere immer lesen, ehe man sie unterzeichnet.«

»Sie können Ihre Schuhe verwetten«, sagte George, »von jetzt an werde ich das auch tun.«

George Rosewater war offensichtlich kein gesunder Mann, als er aus dem Krieg zurückkam, denn kein gesunder Mann, der seine Augen und seinen Erbteil verloren hat, hätte so viel gelacht. Und ein gesunder Mann, besonders wenn er General und ein Held war, hätte auch energische juristische Schritte unternommen, um seinen Bruder zu zwingen, den Besitz wieder zurückzugeben. Doch George strengte keinen Prozeß an. Er wartete nicht auf Noah, bis dieser in den Landkreis Rosewater zurückkehrte, und er fuhr auch nicht an die Ostküste, um ihn aufzusuchen. Tatsächlich trafen sich George und Noah nie wieder und schrieben sich auch nicht mehr.

George, in voller Uniform eines Generals, besuchte jedes Haus im Landkreis Rosewater, das ihm einen oder mehrere Jungen abgestellt hatte, lobte sie alle und trauerte um jene, die verwundet worden oder tot waren. Zu dieser Zeit wurde Noah Rosewaters Backstein-Landhaus erbaut. Eines Morgens fanden Arbeiter die Generalsuniform an die Eingangstür genagelt, als wäre sie ein Fell, das man an eine Stalltür zum Trocknen genagelt hatte.

Für den Landkreis Rosewater aber verschwand George Rosewater für immer.

George zog wie ein Vagabund nach Osten, nicht um seinen Bruder zu suchen und zu töten, sondern Arbeit in Providence im Staate Rhode Island zu suchen. Er hatte gehört, daß man dort eine Besenfabrik eröffnen würde. Sie sollte nur Angestellte haben, die für den Norden gekämpft hatten und blind waren.

Was er gehört hatte, stimmte. Es gab eine solche Fabrik, gegründet von Castor Buntline, der weder Kriegsteilnehmer noch blind war. Buntline überlegte sehr richtig, daß blinde Kriegsteilnehmer sehr angenehme Angestellte abgeben würden, daß Buntline selbst in der Geschichte einen Platz als Wohltäter erhalten und kein Patriot des Nordens, wenigstens einige Jahre nach Kriegsende, irgendeinen anderen Besen als »Buntlines Union Leuchtturm Besen« kaufen würde. Auf diese Weise wurde das große Buntline-Vermögen begründet. Und mit den Besen-Profiten gingen Castor Buntline und sein fallsüchtiger Sohn Elihu in den geschlagenen Süden und kauften sich auch noch Tabakplantagen dazu.

Als der an den Füßen wunde freundliche General George Rosewater bei der Besenfabrik eintraf, schrieb Castor

Buntline nach Washington, vergewisserte sich, daß George wirklich General gewesen war, stellte George zu einem sehr guten Gehalt an, machte ihn zum Vorarbeiter und nannte die Strohbesen, die die Fabrik herstellte, nach ihm. Der Markenname ging eine Zeitlang in die Umgangssprache ein. Ein »General Rosewater« war ein Strohbesen.

Ein vierzehnjähriges Mädchen wurde dem blinden George beigegeben, ein Waisenkind namens Faith Merrihue, das ihm seine Augen ersetzen und ihm als Bote dienen sollte. Als es sechzehn war, heiratete George es.

Und George zeugte Abraham, der Pfarrer der Kongregationalisten wurde. Abraham ging als Missionar in den Kongo, wo er Lavinia Waters, die Tochter eines anderen Missionars (eines Baptisten aus Illinois), kennenlernte und heiratete.

Im Dschungel zeugte Abraham einen Sohn, Merrihue. Lavinia starb bei Merrihues Geburt. Der kleine Merrihue wurde mit der Milch einer Bantunegerin großgezogen.

Und Abraham und der kleine Merrihue kehrten nach Rhode Island zurück. Abraham nahm einen Ruf als Pfarrer der Kongregationalisten in dem kleinen Fischerdorf Pisquontuit an. Er kaufte sich ein kleines Haus und auch hundert Morgen armseligen, sandigen Waldbodens. Es war ein dreieckiges Grundstück. Die Hypotenuse des Dreiecks lag am Ufer des Hafens von Pisquontuit.

Merrihue, des Pfarrers Sohn, wurde Grundstücksmakler und teilte das Land seines Vaters auf. Er heiratete Cynthia Niles Rumfoord, die Erbin eines kleineren Vermögens, und investierte viel von ihrem Geld in Straßenbauten und Straßenlaternen und Kanalisation. Er verdiente sich ein Vermögen, verlor es und auch das seiner Frau in der Weltwirtschaftskrise von 1929.

Er erschoß sich.

Aber ehe er das tat, schrieb er die Familiengeschichte nieder und zeugte den armen Fred, den Versicherungsagenten.

Söhne von Selbstmördern werden selten etwas.

Für sie fehlt es im Leben bezeichnenderweise an einem gewissen Schwung. Sie neigen dazu, sich mehr als die meisten als heimatlos anzusehen, sogar in einer Nation von Heimatlosen. Sie kümmern sich nicht im geringsten um die Vergangenheit und sind sich darüber ziemlich klar, was die Zukunft für sie bereithält: sie fürchten, daß auch sie sich wahrscheinlich umbringen werden.

So auch Fred. Außerdem litt er an Zuckungen, Allergien und Schweigsamkeit. Er hatte den Schuß gehört, der seinen Vater getötet hatte, und hatte seinen Vater mit dem zerschossenen Schädel gesehen; das Manuskript der Familiengeschichte hatte in seinem Schoß gelegen.

Fred besaß dieses Manuskript, hatte es jedoch nie gelesen und auch nie lesen wollen. Es lag auf dem Schrank mit Konserven im Keller. Dort lag auch das Rattengift.

Jetzt war der arme Fred Rosewater in der Imbißstube und redete zu dem Zimmermann und den beiden Rohrlegern weiter über Bräute. »Ned«, sagte er zu dem Zimmermann, »wir beide haben ja etwas für unsere Bräute getan.« Der Zimmermann war nach seinem Tode zwanzigtausend Dollar wert, was er Fred verdankte, und dachte an wenig anderes als Selbstmord, wenn die Zeit der jährlichen Zahlung kam.

»Und wir brauchen auch nichts zu sparen«, sagte Fred. »Das erledigt sich alles automatisch.«

»Jawoll«, sagte Ned.

Es gab eine schwere Stille. Die beiden nicht versicherten Rohrleger, die noch vor wenigen Augenblicken fröhlich und lebenslustig gewesen waren, zeigten jetzt keine Regung.

»Mit einem einzigen Federstrich«, erinnerte Fred den Zimmermann, »haben wir ansehnliche Vermögen geschaffen. Darin liegt das Wunder einer Lebensversicherung. Das ist das mindeste, was wir für unsere Bräute tun können.«

Die Rohrleger glitten von den Hockern. Fred war nicht ärgerlich, daß sie gingen. Wo sie auch gingen, würde ihr Gewissen sie beunruhigen – und sie würden immer wieder zur Imbißstube zurückkehren.

Und immer, wenn sie zurückkamen, würde Fred dasein.

»Weißt du, worin für mich in meinem Beruf die größte Zufriedenheit liegt?« fragte Fred den Zimmermann.

»Nein.«

»Sie liegt darin, daß eine Braut zu mir kommt und sagt: ›Ich weiß nicht, wie die Kinder und ich ihnen je dafür danken können, was Sie für uns getan haben. Gott segne Sie, Mr. Rosewater.‹«

Neuntes Kapitel

Auch der Zimmermann verdrückte sich und ließ ein Exemplar des »Amerikanischen Spiegel« zurück. Fred machte zahlreiche Gesten der Langeweile, demonstrierte vor allen, die ihm vielleicht zusahen, daß er ein Mann ohne jeden Lesestoff war, daß er müde war, vielleicht sogar einen Kater hatte und jeden Lesestoff, der ihm in

die Hände fallen würde, mit völliger Gleichgültigkeit auf-
greifen würde – wie ein Mann im Traum.

»Pf, pf, pf«, sagte er und gähnte. Er streckte sich und
zog die Zeitung zu sich heran.

Es schien nur noch eine andere Person im Laden zu
sein, das Mädchen hinter dem Büfett. »Na wirklich«,
sagte er zu ihr, »wer sind denn die Idioten, die so einen
Mist lesen, wie?«

Das Mädchen hätte der Wahrheit gemäß sagen können, daß Fred selbst die Zeitung jede Woche von vorn
bis hinten las. Aber da auch sie ein Idiot war, fiel ihr nie
etwas auf oder ein. »Sehen Sie mich an«, sagte sie. Das
war eine wenig Freude versprechende Einladung.

Fred Rosewater grunzte nur und las die Anzeigen, über
denen stand: »Hier bin ich«. Männer und Frauen gestanden hier, daß sie nach Liebe, Ehe und Abenteuern suchten.
Diese Eingeständnisse kosteten einen Dollar und fünf-
undvierzig Cent pro Zeile.

»Anziehende, brillante, akademisch gebildete Frau,
vierzig, jüdisch, in Connecticut, sucht jüdischen Aka-
demiker zwecks Ehe. Kinder kein Hinderungsgrund.
Amerikanischer Spiegel, Fach L-577.«

Das war eine der angenehmeren Anzeigen, die meisten
waren es nicht.

»Friseur aus St. Louis, männlich, würde gern von anderen männlichen Friseuren im Show-Staat hören. Fotos austauschen?«
»Modernes Paar, neu in Dallas, möchte moderne Paare
kennenlernen, die an freizügiger Fotografie interes-

siert sind. Alle aufrichtig gemeinten Briefe werden
beantwortet. Fotos werden zurückgeschickt.«
»Lehrer einer Privatschule für Jungen braucht drin-
gend Lektionen für gute Manieren von einer strengen
Lehrerin, vorzugsweise einer Pferdeliebhaberin deut-
scher oder skandinavischer Abstammung. Überall in
den USA.«
»New Yorker, gut bezahlter Direktor, sucht Verabre-
dungen wochentags nachmittags. Keine Prüden.«

Auf der ersten Seite war ein großer Coupon, auf den
Leser eine eigene Anzeige schreiben sollten. Fred wollte
es vielleicht mal versuchen.

Fred blätterte weiter und las den Bericht über einen Sexualmord, der 1933 in Nebraska geschehen war. Die
Illustrationen bestanden aus abstoßend detaillierten Fotos, die eigentlich nur der Untersuchungsrichter sehen
sollte. Der Sexualmord war dreißig Jahre her, als Fred
und dazu die zehn Millionen angeblichen Leser des
»Amerikanischen Spiegel« davon lasen. Die Ereignisse,
über die die Zeitung berichtete, waren zeitlos gültige
Ereignisse. Lucrezia Borgia machte zu allen Zeiten schrei-
ende Überschriften. Fred, der nur ein Jahr auf die Princeton-Universität gegangen war, hatte erst aus dem »Amerikanischen Spiegel« erfahren, daß Sokrates gestorben
war.
Ein dreizehnjähriges Mädchen trat ein, und Fred warf
die Zeitung beiseite. Das Mädchen hieß Lila Buntline,
die Tochter der Freundin seiner Frau. Lila war groß gewachsen, hatte ein Gesicht wie ein Pferd und schien recht
knochig. Unter ihren wirklich schönen grünen Augen lagen große Ringe. Ihr Gesicht war ein Muster von Sonnen-

brand, Bräune, Sommersprossen und frischer, rosa Haut. Sie war die ehrgeizigste und geschickteste Seglerin im Pisquontuit Yacht Club.

Lila sah Fred von oben her an – er war arm, seine Frau taugte nichts, er war fett und langweilig. Und sie ging geradewegs zum Zeitschriften- und Bücherregal und setzte sich, außer Sicht, auf den kalten Zementfußboden.

Fred griff wieder nach dem »Amerikanischen Spiegel« und sah sich die Anzeigen an, die alle möglichen schmutzigen Dinge anboten. Er atmete langsam. Der arme Fred hatte für den »Amerikanischen Spiegel« und alles, was er darstellte, den gedämpften Enthusiasmus eines Sekundaners, doch es fehlte ihm an Initiative, bei solchen Dingen mitzuwirken und die chiffrierten Anzeigen zu beantworten. Da er der Sohn eines Selbstmörders war, überraschte es auch nicht weiter, daß seine geheimen Wünsche nur unbedeutend waren.

Ein äußerst gesunder Mann trat jetzt in den Laden und ließ sich so schnell an Freds Seite nieder, daß Fred die Zeitung nicht verstecken konnte. »Na, du Versicherungsbastard mit der schmutzigen Phantasie«, sagte der Mann fröhlich, »was machst du denn mit diesem Schundblättchen?«

Der Mann hieß Harry Pena und war Fischer. Außerdem war er Hauptmann der Pisquontuiter Freiwilligen Feuerwehr. Harry hatte zwei Fischfallen draußen im Meer und haufenweise Fanggeräte, die aus der Dummheit der Fische Nutzen zogen. Jede Falle bestand aus einem langen Zaun im Wasser, auf dessen einer Seite Land und auf der anderen ein Kreis von Netzen war. Fische, die dem Zaun ausweichen wollten, gerieten in den Kreis. In ihrer Dummheit schwammen sie dauernd in dem Kreis herum, bis Harry und seine beiden erwachsenen Söhne in ihrem Boot kamen, mit Enterhaken und Eisen, den Eingang zum Kreis verschlossen, das Netz vom Meeresboden hochgezogen und alle Fische töteten.

Harry stand in mittlerem Alter, hatte O-Beine, doch einen Kopf und dazu Schultern, die Michelangelo seinem Moses oder Gott selbst gegeben hätte. Er war keineswegs sein ganzes Leben lang Fischer, sondern selbst einmal Versicherungsbastard gewesen, in Pittsfield im Staate Massachusetts. Eines Abends hatte er den Teppich im Wohnzimmer mit einer chemischen Lösung gereinigt und war von den sich entwickelnden Gasen fast getötet worden. Als er sich wieder erholt hatte, sagte ihm der Arzt: »Harry, entweder du arbeitest im Freien, oder du stirbst.«

Harry wurde also das, was schon sein Vater gewesen war – ein Fallenfischer.

Harry legte einen Arm um Freds fette Schulter. Er konnte sich solche Zärtlichkeiten leisten. Er war einer der wenigen Männer in Pisquontuit, deren Männlichkeit nicht bezweifelt wurde. »Ach, du armseliger Versicherungsbastard«, sagte er, »warum soll man sich mit solchen Geschäften abgeben? Man muß was Schönes im Leben leisten.« Er setzte sich hin, bestellte Kaffee ohne Sahne und eine braune Zigarre.

»Nun also, Harry«, sagte Fred und warf überlegen die Lippen auf, »ich glaube, meine Versicherungspolitik ist ein bißchen anders, als es die deine war.«

»Scheiße«, sagte Harry gemütlich. Er nahm Fred die Zeitung weg und las die Aufforderung von Randy Herald auf der ersten Seite. »Du guter Gott«, sagte er, »von mir will sie jedes Baby, jederzeit.«

»Im Ernst, Harry«, fuhr Fred fort. »Mir macht das Versicherungsgeschäft Spaß. Ich helfe den Leuten gern.«

Harry ließ sich nicht anmerken, ob er zugehört hatte. Finster blickte er auf das Bild einer Französin im Bikini.

Fred wußte, daß er für Harry eine blasse, geschlechtslose Kreatur war, und versuchte zu beweisen, daß er mißverstanden wurde. Er stieß Harry kollegial in die Seite. »Gefällt dir das?« fragte er.

»Was?«

»Das Mädchen da.«

»Das ist kein Mädchen. Das ist ein Stück Papier.«

»Mir sieht das nach einem Mädchen aus.« Fred Rosewater schaute lüstern drein.

»Dann läßt du dich aber leicht täuschen«, sagte Harry. »Das Mädchen da ist wie eine Federzeichnung auf einem Stück Papier. Das Mädchen da ist weit weg, tausende von Meilen weg und weiß nicht mal, daß wir leben. Wenn das ein echtes Mädchen wäre, brauchte ich mich um meinen Lebensunterhalt nicht weiter zu kümmern und könnte zu Haus bleiben und Bilder von großen Fischen ausschneiden.«

Harry Pena schlug die »Hier bin ich«-Anzeigen auf und bat Fred um einen Kugelschreiber.

»Kugelschreiber?« sagte Fred Rosewater.

»Du hast doch einen, nicht?«

»Klar habe ich einen.« Fred reichte ihm einen von den neun Kugelschreibern, die er immer bei sich hatte.

»Klar hat er einen.« Harry lachte. Und er schrieb folgendes auf den Coupon:

»Scharfer Papa, Mitglied der weißen Rasse, sucht scharfe Mama, egal welche Rasse, welches Alter, wel-

119

che Religion. Zweck: alles, nur nicht Ehe. Tausche Fotos. Meine Zähne gehören mir selbst.«

»Willst du das wirklich einsenden?« Freds eigener Wunsch, eine Anzeige aufzugeben und einige schmutzige Antworten zu bekommen, war leider allzu sichtbar.

Harry unterschrieb die Anzeige: »Fred Rosewater, Pisquontuit, Rhode Island.«

»Wie komisch«, sagte Fred und zog sich von Harry mit säuerlicher Miene zurück.

Harry kniff ein Auge zu. »Komisch für Pisquontuit«, sagte er.

Jetzt betrat Freds Frau, Caroline, die Imbißstube. Sie war eine hübsche, beschränkte, dünne, bemitleidenswerte kleine Frau, aufgeputzt in teuren Kleidern, die ihre wohlhabende lesbische Freundin Amanita Buntline abgelegt hatte. Caroline Rosewater klirrte und glänzte von Schmuckstücken, deren Zweck es war, den abgelegten Kleidern eine individuelle Note zu geben. Sie wollte von Fred Geld, damit sie darauf bestehen konnte, für Essen und Getränke selbst zu zahlen.

Als sie mit Fred redete und Harry Pena sie beobachtete, benahm sie sich wie eine Frau, die trotz aller Belästigungen ihre Würde behält. Mit der aktiven Unterstützung von Amanita bemitleidete sie sich selbst, mit einem Mann verheiratet zu sein, der so arm und langweilig war. Daß sie genauso arm und langweilig wie Fred war, kam ihr ihrer Beschränktheit wegen nicht in den Sinn. Zwar hatte sie die Dillon-Universität in Dodge City in Kansas besucht, doch nur nominell. In Dodge City hatte sie Fred kennengelernt, wo er während des Korea-Krieges eingezogen worden war. Sie heiratete Fred, weil sie dachte, daß jeder, der in Pisquontuit wohnte und die Princeton-Universität besucht hatte, reich war.

Später war sie bitter enttäuscht, als sich herausstellte, daß dies nicht stimmte. Sie war ehrlich davon überzeugt, zu den Intellektuellen zu gehören, doch wußte sie so gut wie nichts, und jedes Problem, das sich ihr stellte, löste sie durch: Geld. Und zwar viel Geld. Sie war eine fürchterliche Hausfrau. Wenn sie Hausarbeit hatte, weinte sie, weil sie überzeugt war, zu Besserem geboren zu sein.

Was das Lesbische anging, so war es auf Carolines Seite nicht besonders intensiv. Sie war nur einfach ein weibliches Chamäleon, das es zu was bringen wollte.

»Wieder zum Lunch mit Amanita?« seufzte Fred.

»Warum auch nicht?«

»Wird langsam ziemlich teuer, kostspielige Mittagessen jeden Tag.«

»Nicht jeden Tag. Höchstens zweimal in der Woche.«

Sie war spröde und kalt.

»Trotzdem verdammt teuer, Caroline.«

Caroline streckte die weiß behandschuhte Hand aus. »Für deine Frau ist es nicht zu teuer.«

Fred gab ihr Geld.

Caroline bedankte sich nicht. Sie ging hinaus und nahm ihren Sitz auf rehbraunem Leder ein, neben der duftenden Amanita Buntline in Amanitas puderblauem Mercedes 300.

Harry Pena betrachtete Freds kreideweißes Gesicht abschätzend. Er sagte aber nichts. Er steckte sich eine Zigarre an und ging hinaus und fuhr mit zwei richtigen Söhnen zu richtigem Fischfang in einem richtigen Boot hinaus aufs salzige Meer.

Lila, Amanitas Tochter, saß auf dem kalten Fußboden der Imbißstube und las Henry Millers »Wendekreis des Krebses«, das sie zusammen mit einem Buch »Der nackte Lunch« vom Bücherregal heruntergenommen hatte. Lilas Interesse an diesen Büchern war rein geschäftlich. Mit dreizehn war sie bereits der führende Vertriebsagent von Pisquontuit für jedwede schmutzige Literatur.

Außerdem handelte sie mit Feuerwerksartikeln, aus dem gleichen Grund, weshalb sie mit Schundliteratur handelte: aus Profitsucht. Ihre Altersgenossen im Pisquontuit Yacht Club und in der Pisquontuit-Oberschule waren so reich und dumm, daß sie ihr fast alles für phantastische Preise abkauften. An einem gewöhnlichen Geschäftstag verkaufte sie beispielsweise ein Exemplar von »Lady Chatterley«, das fünfundsiebzig Cent kostete, für zehn Dollar und eine Feuerwerksrakete, die fünfzehn Cent kostete, für fünf Dollar.

Sie kaufte die hierzulande verbotenen Feuerwerkskörper in den Ferien in Kanada oder Hongkong. Die meiste von ihr angebotene Schundliteratur kam von den Regalen der Imbißstube, die solche Dinge ebenfalls verkaufte. Die Sache war nur die: Lila wußte genau, welche Bücher schmutzig waren, und das war mehr, als ihre Altersgefährten oder die Angestellten des Ladens wußten. Und Lila kaufte die schmutzigen Bücher so schnell, wie sie ankamen. Alle ihre Geschäfte erledigte sie mit dem Idiotenmädchen.

Die Beziehungen zwischen Lila und dem Laden glichen einer Symbiose. Im Schaufenster des Ladens hing eine vergoldete Urkunde, die von der Vereinigung der »Rhode Island Mütter zum Schutz der Kinder vor Schmutz und Schund« verliehen worden war; Vertreter der Vereinigung inspizierten regelmäßig die Regale des

Ladens auf gewisse Paperbacks hin. Die von ihnen verliehene Urkunde war das Eingeständnis, daß sie nie etwas Schmutziges auf den Regalen gefunden hatten.

Sie glaubten hier ihre Kinder sicher, doch die Wahrheit bestand darin, daß Lila jene gewissen Paperbacks sofort aufkaufte.

Aber eine Art von Schund konnte auch Lila nicht im Laden kaufen – Nacktaufnahmen. Sie beschaffte sie sich dadurch, daß sie das tat, wonach es Fred Rosewater jede Woche gelüstete: indem sie die Anzeigen im »Amerikanischen Spiegel« beantwortete.

Große Füße näherten sich nun ihrer kindlichen Welt auf dem Fußboden des Ladens. Die Füße gehörten Fred Rosewater.

Lila verbarg ihre Schundliteratur durchaus nicht. Sie las weiter, als wäre der »Wendekreis des Krebses« ein Mädchenbuch über Heidi.

»Der Koffer ist offen, und ihre Sachen liegen verstreut herum, genau wie zuvor. Sie legt sich aufs Bett, in ihren Sachen. Einmal, zweimal, dreimal, viermal ... Ich fürchte, sie wird noch verrückt – im Bett, unter den Decken, wie gut, wieder ihren Körper zu fühlen! Aber wie lange? Wird es diesmal gutgehen? Ich habe schon eine Art Vorgefühl, daß es nicht gutgehen wird.«

Lila und Fred trafen sich oft zwischen den Büchern und Zeitschriften. Fred fragte sie nie, was sie wohl las. Und sie wußte, er würde jetzt das tun, was er immer tat – mit trauriger Gier auf die Umschläge der Zeitschriften mit Mädchen gucken und dann nach einem dicken und spießigen Magazin wie »Haus und Garten« greifen. Und genau das tat er auch.

»Ich glaube, meine Frau ist wieder mit deiner Mama zum Lunch gegangen«, sagte Fred.

»Wird wohl stimmen«, sagte Lila. Damit endete die Unterhaltung, doch Lila dachte weiter über Fred nach. Sie saß auf der Höhe von Freds Schienbeinen und dachte über diese Schienbeine nach. Immer, wenn sie Fred in Shorts oder Badehosen sah, waren seine Schienbeine mit Narben und Schorf bedeckt, als wäre er wieder und wieder getreten worden, immer wieder getreten, jeden Tag seines ganzen Lebens. Lila dachte, daß es vielleicht Vitaminmangel sein könnte, der zu diesem Aussehen der Schienbeine geführt hatte, oder aber Räude.

Freds blutige Schienbeine waren das Opfer der häuslichen Innenausstattung, die seine Frau vorgenommen hatte, der zufolge nach fast schizophrener Methode Dutzende von kleinen Tischchen überall im Haus verstreut herumstanden. Jeder kleine Tisch hatte seinen eigenen Aschenbecher und Teller mit staubigen Pfefferminzplätzchen, obgleich die Rosewaters niemals jemanden einluden. Und Caroline stellte die kleinen Tische dauernd um, als bereite sie heute diese und morgen jene Party vor. Der arme Fred schlug sich also immerzu seine Schienbeine an den Tischen auf.

Einmal hatte sich Fred am Schienbein einen tiefen Schnitt zugezogen, der mit elf Stichen genäht werden mußte. Aber dieser Schnitt war nicht von den vielen kleinen Tischen verursacht worden, sondern von einem Gegenstand, den Caroline niemals wegstellte. Dieser Gegenstand war immer sichtbar, wie ein kleiner Ameisenbär, der die Vorliebe hatte, im Eingang zu schlafen oder auf den Stufen oder auf dem Herd.

Dieser Gegenstand, über den Fred gefallen war und an

dem er sich das Schienbein aufgeschnitten hatte, war Caroline Rosewaters Staubsauger. Im Unterbewußtsein hatte sich Caroline geschworen, den Staubsauger nicht eher wegzustellen, als bis sie reich war.

Fred, der dachte, Lila schaue nicht mehr zu ihm hin, legte jetzt »Haus und Garten« weg und nahm sich einen Paperbackroman, der außerordentlich sexy aussah: »Venus auf der Muschel« von Kilgore Trout. Auf der Rückseite war die gekürzte Darstellung einer leidenschaftlichen Szene:

»Königin Margaret vom Planeten Shaltoon ließ ihr Gewand zu Boden fallen. Sie trug nichts darunter. Ihr hoher, fester, nackter Busen war stolz und rosig. Ihre Hüften und Schenkel glichen reinem Alabaster und leuchteten derart weiß, daß man hätte annehmen können, sie wären von innen beleuchtet. ›Deine Reisen sind vorüber, Raumfahrer‹, flüsterte sie, und ihre rauhe Stimme bebte vor Lust. ›Suche nicht weiter, denn du bist am Ziel. Die Antwort ist in meinen Armen.‹ – ›Eine herrliche Antwort, Königin Margaret, bei Gott‹, erwiderte der Raumfahrer. Seine Handflächen schwitzten stark. ›Ich nehme sie dankbar an. Aber ich muß Euch sagen, um ganz ehrlich mit Euch zu sein, daß ich morgen wieder abfliegen muß.‹

›Aber du hast doch deine Antwort gefunden!‹ rief sie und drückte seinen Kopf zwischen ihre duftenden jungen Brüste. Er sagte etwas, das sie nicht verstand. Sie schob ihn auf Armeslänge von sich. ›Was hast du gesagt?‹

›Ich habe gesagt, Königin Margaret, daß das, was Ihr mir bietet, eine wunderbare Antwort ist. Nur ist es nicht jene, nach der ich in erster Linie suche.‹«

Daneben war eine Fotografie von Trout: die eines alten Mannes mit einem schwarzen Vollbart. Er sah aus wie ein verängstigter alternder Jesus, dessen Verurteilung zur Kreuzigung in lebenslängliches Gefängnis umgewandelt worden war.

Zehntes Kapitel

Lila Buntline schob ihr Fahrrad durch die gedämpfte Schönheit der Straßen von Pisquontuit, einem neuen Utopia. Jedes Haus, an dem sie vorüberkam, war ein sehr teurer, Wirklichkeit gewordener Traum. Die Besitzer der Häuser brauchten nicht zu arbeiten. Auch ihre Kinder würden einmal nicht arbeiten müssen, und es würde ihnen an nichts fehlen, es sei denn, jemand machte eine Revolution. Niemand schien aber eine machen zu wollen.

Lilas prächtiges Haus lag am Hafen. Es war im georgianischen Stil gebaut. Sie trat ein, legte die neuen Bücher im Flur nieder und stahl sich in das Arbeitszimmer ihres Vaters, um sicher zu sein, daß der Vater, der auf der Couch lag, noch lebte.

»Papa...?«

Die Frühpost lag auf dem Silbertablett auf dem Tisch am Kopfende. Daneben stand ein unberührtes Glas mit Scotch und Soda. Stewart Buntline war noch nicht vierzig. Er war der am besten aussehende Mann in der ganzen Stadt, eine Kreuzung – sagte einmal jemand – zwischen Cary Grant und einem deutschen Schäferhund. Auf seiner hageren Mittelpartie lag ein Buch, das fünfundsiebzig Dollar gekostet hatte, ein Eisenbahnatlas des Bürgerkriegs, den ihm seine Frau geschenkt hatte. Dies stellte seine einzige Begeisterung im Leben dar: der Bürgerkrieg.

»Papa...?«

Stewart schnarchte weiter. Sein Vater hatte ihm vierzehn Millionen Dollar hinterlassen, das meiste aus Tabakplantagen. Dieses Geld, hin und her bewegt und fruchtbar gemacht und gekreuzt und übertragen in der Geldfabrik der »Neuengland-Seefahrer-Bank und Trust Company« zu Boston, war seit der Überschreibung auf Stewarts Namen um achthunderttausend Dollar Rendite jährlich angewachsen. Das Geschäft schien ziemlich gut zu gehen. Davon abgesehen, verstand Stewart nicht viel von Geschäften.

Manchmal, wenn er aufgefordert wurde, seine Ansichten zur Wirtschaftslage zu geben, erklärte er rundweg, ihm gefiele »Polaroid«. Die Leute schienen dies bemerkenswert zu finden, daß ihm »Polaroid« so sehr gefiele. Tatsächlich wußte er aber nicht, ob er Aktien von »Polaroid« besaß oder nicht. Die Bank allein kümmerte sich um solche Dinge – die Bank und das Rechtsanwaltsbüro McAllister, Robjent, Reed und McGee.

»Papa...«

»Hm?«

»Ich wollte bloß mal sehen, ob du – ob du gesund bist«, sagte Lila.

»Tcha«, sagte er, öffnete ein wenig die Augen und befeuchtete die trockenen Lippen. »Gut, Liebling, gut.«

»Du kannst jetzt weiterschlafen.«

Das tat dann Stewart auch.

Es gab keinen Grund, weswegen er nicht ruhig weiterschlafen sollte, denn seine Interessen wurden ja von demselben Rechtsanwaltsbüro vertreten wie die von Senator Rosewater – und zwar seitdem er mit sechzehn Jahren Vollwaise geworden war. Der Anwalt, der ihn besonders unter seine Obhut genommen hatte, war Reed

McAllister. Der alte McAllister hatte seinem letzten Brief etwas Literatur beigegeben. Dieses Werk der Literatur hieß »Ein Spalt zwischen Freunden im Ideen-Krieg«, eine Art Pamphlet, herausgegeben von der Fichtennadel-Presse der Freiheitsschule, Postfach 165, Colorado Springs. Dieses Pamphlet diente ihm nun als Buchzeichen in dem Eisenbahn-Atlas.

Der alte McAllister legte immer Material über den schleichenden Sozialismus, der dem freien Unternehmertum feindlich war, seinen Briefen bei, weil Stewart als enthusiastischer junger Mann vor etwa zwanzig Jahren in sein Büro gestürmt war und verkündet hatte, das System des freien Unternehmertums wäre falsch und er würde sein ganzes Geld den Armen geben. McAllister hatte dem voreiligen jungen Mann dieses Vorhaben ausgeredet, doch er machte sich noch immer Sorgen, Stewart könne einen Rückfall haben. Die Pamphlete waren als eine Art Prophylaxe gedacht.

McAllister hätte sich keine Sorgen zu machen brauchen. Betrunken oder nüchtern, Pamphlete oder keine – Stewart war jetzt bedingungslos dem freien Unternehmertum zugetan. Er brauchte keine Prophylaxe durch McAllisters Pamphlete oder »Briefe eines Konservativen an seine Freunde« – Freunde, welche Sozialisten waren, ohne es zu wissen. Weil er dies also nicht brauchte, hatte er auch nicht gelesen, was in besagtem Pamphlet über Altersversorgung und andere Wohlfahrtseinrichtungen stand, wie zum Beispiel:

»Haben wir diesen Leuten wirklich geholfen? Schaue sie dir gut an. Betrachte diese Kreatur, die das Resultat unseres Mitleids ist! Was können wir über diese dritte Generation von Leuten sagen, für die schon lange der Wohlfahrtsstaat eine Art zweiter Natur geworden ist? Betrachte genau unsere Handarbeiter, die wir in die Welt gesetzt haben! Sie arbeiten nicht und wollen nicht arbeiten. Mit gesenkten Köpfen und uninteressiert gehen sie ohne Stolz und ohne Selbstachtung durchs Leben. Sie sind völlig unzuverlässig, nicht aus bösem Willen, doch wie Vieh, das ziellos einherwandert. Vorausschau und die Fähigkeit, vernünftig zu denken, sind durch lange Vernachlässigung verkümmert. Sprich mit ihnen, hör ihnen zu, arbeite mit ihnen wie ich, und du wirst mit Schrecken feststellen, daß sie keine Ähnlichkeit mit menschlichen Wesen mehr haben, außer daß sie auf zwei Beinen stehen und reden – wie Papageien. ›Mehr. Gib mir mehr. Ich brauche mehr‹, sind die einzigen neuen Gedanken, die sie gelernt haben... Diese Kreaturen stehen da wie eine monumentale Karikatur des Homo sapiens – und das ist die harte und schreckliche Wirklichkeit, die wir aus unserem fehlgeleiteten Mitleid gemacht haben. Diese Kreaturen sind auch, wenn wir so weitermachen, das lebendige Beispiel dafür, was aus einem großen Prozentsatz von uns einmal werden wird.«

Und so weiter.

Diese Warnungen auszusprechen, bedeutete jedoch nur, Eulen nach Athen zu tragen: das war für Stewart Buntline klar. Er hatte nichts mehr mit fehlgeleitetem Mitleid zu tun. Er hatte auch nichts mehr mit Sex zu tun. Und, um die Wahrheit zu sagen, er war auch übersättigt von Büchern über den amerikanischen Bürgerkrieg.

Die Unterhaltung mit McAllister, die Stewart vor zwanzig Jahren auf den Weg der Konservativen gesetzt hatte, war wie folgt verlaufen:

»Sie wollen also so etwas wie ein Heiliger sein, junger Mann, nicht wahr?«

»Das hab' ich nicht gesagt, und ich hoffe, ich hab' es auch nicht so gemeint. Sie verwalten also, was ich erbte, nämlich Geld, das ich mir nicht selbst verdient habe?«

»Ich werde eins nach dem anderen beantworten, zunächst also: Jawohl, wir verwalten, was Sie geerbt haben. Zweitens: Wenn Sie es sich noch nicht selbst verdient haben, dann sollten Sie das noch tun. Sie stammen aus einer Familie, die von Natur aus unfähig ist, *nicht* Geld selbst verdienen zu können. Sie, mein Junge, werden zu den Führenden gehören, weil Sie dazu geboren sind – und das kann die Hölle auf Erden sein.«

»Vielleicht, Mr. McAllister. Wir müssen abwarten. Ich will Ihnen nur folgendes sagen: In unserer Welt gibt es überall Leid, und Geld kann viel tun, um dieses Leid zu mildern, und ich habe viel mehr Geld, als ich brauche. Ich will anständige Lebensmittel kaufen und Kleidung und Wohnungen für die Armen, und zwar sofort.«

»Und wie möchten Sie dann genannt werden, der heilige Stewart oder der heilige Buntline?«

»Ich bin nicht gekommen, um mich verspotten zu lassen.«

»Und Ihr Vater hat uns in seinem Testament nicht zum Vormund gemacht, weil er dachte, wir würden zu allem, was Sie sagen, ja sagen. Wenn ich Ihnen als frech und unsachlich vorkomme in bezug auf Leute, die gern Heilige sein möchten, dann nur darum, weil ich mit so vielen anderen jungen Leuten dieselben dummen Diskussionen hatte. Eine der Hauptbeschäftigungen unseres Büros besteht darin, unsere Kunden daran zu hindern, Heilige werden zu wollen. Sie meinen, Sie seien ein ungewöhnlicher Mensch? Sie sind es nicht. Jedes Jahr kommt wenigstens ein junger Mann, dessen Angelegenheiten wir regeln, zu uns und will sein Geld weggeben. Er hat gerade das erste Semester an irgendeiner berühmten Universität hinter sich gebracht. Es ist ein ereignisreiches Jahr gewesen! Er hat von unglaublichem Leid überall in der Welt gehört. Er hat von großen Verbrechen gehört, die manchen großen Vermögen zugrunde liegen, und man hat ihm sein christliches Gewissen, oft zum erstenmal, durch die Bergpredigt wachgerüttelt.

Er ist verwirrt, traurig, böse! Er will wissen, wieviel Geld er hat. Wir sagen es ihm. Er geht von dannen, gebeugt vor Scham, auch dann, wenn das Vermögen wie in Ihrem Falle, auf sowas nützlichem wie Besen beruht. Sie haben gerade das erste Semester an der Harvard-Universität studiert, wenn ich mich nicht irre?«

»Jawohl.«

»Eine großartige Universität! Doch wenn ich sehe, was dort aus gewissen jungen Leuten gemacht wird, frage ich mich, wie wagt es eine Universität, Mitleid zu lehren, ohne dabei Geschichte zu lehren? Die Geschichte lehrt uns, mein lieber junger Mr. Buntline, vor allem dies: Sein Vermögen wegzugeben, ist eine nutzlose und dazu negative Sache. Es macht Wimmernde aus den Armen, ohne sie reich oder auch nur zufrieden zu machen. Und der Spender sowie seine Nachkommenschaft werden kaum zu unterscheidende Mitglieder der wimmernden Armen.«

»Ein Familienvermögen so groß wie das Ihre, Mr. Buntline«, fuhr der alte McAllister vor jenen vielen schicksalsschweren Jahren fort, »ist ein Wunder, aufregend und selten. Sie haben es ohne Anstrengung erhalten und daher wenig Gelegenheit zu erfahren, was es eigentlich ist.

Damit Sie etwas über sein wunderbares Wesen erfahren, kann ich Ihnen nur mit einer Beleidigung dienen. Bitte, ob Sie es mögen oder nicht: Ihr Vermögen ist der wichtigste Bestandteil dessen, was Sie von sich selber denken und was andere von Ihnen denken. Ihres Geldes wegen sind Sie außergewöhnlich. Ohne dieses Geld würden Sie zum Beispiel jetzt nicht die kostbare Zeit eines der ältesten Mitglieder unseres Anwaltsbüros in Anspruch nehmen.

Wenn Sie Ihr Geld weggeben, werden Sie äußerst durchschnittlich werden, wenn Sie nicht gerade ein Genie sind. Sie sind doch kein Genie, nicht wahr?«

»Nein.«

»Hm. Und, ob Sie nun genial sind oder nicht, ohne Geld werden Sie bestimmt weniger zufrieden und frei sein. Nicht nur das, Sie werden auch Ihre Nachkommenschaft in das schmutzige, schwere Leben führen, das Personen eigentümlich ist, die reich und frei hätten sein können, hätte nicht ein Dummkopf von Vorfahr das Vermögen vergeudet.

Halten Sie an Ihrem Wunder fest, Mr. Buntline. Geld ist gedörrtes Utopia. Wir hier führen alle ein Hundeleben, wie ihre Professoren sich bemüht haben, Ihnen zu beweisen. Aber Ihres Wunders wegen kann das Leben für Sie und die Ihren ein Paradies sein! Lächeln Sie mal! Ich möchte gern sehen, daß Sie bereits begreifen, was man an der Harvard Universität nicht lehrt, ehe Sie ins dritte Jahr kommen: Daß reich geboren zu sein und reich zu bleiben weniger ist als ein schweres Verbrechen.«

Lila, Stewarts Tochter, ging jetzt nach oben in Ihr Schlafzimmer. Die Farben darin waren, entsprechend dem Wunsch ihrer Mutter, Rosa und Weiß. Ihre Fenster gingen auf den Hafen, auf die sich auf den Wellen wiegende Flotte des Pisquontuit Yacht Clubs hinaus.

Ein Fischerboot von fünfzehn Meter Länge, genannt »Mary«, schob sich elegant und dampfend durch die Flotte hindurch und brachte die kleinen Yachten zum Schaukeln. Die kleinen Yachten hießen »Scomber« und »Skat« und »Rosenknospe II« und »Folge mir« und »Roter Hund« und »Bunty«. »Rosenknospe II« gehörte Fred und Caroline Rosewater. »Bunty« gehörte Stewart und Amanita Buntline.

»Mary« gehörte Harry Pena, dem Fallenfischer. Das Boot war ein grauer, doppelt gesicherter Kasten, dessen Zweck darin bestand, bei jedem Wetter mit Tonnen frischen Fisches an Bord nach Haus zu kommen. Es gab auf dem Boot keinen Schutz, außer dem Holzkasten, der den Chrysler-Motor trocken halten sollte. Oben auf dem Holzkasten waren Steuerrad und Gashebel und Schaltung. Der Rest der »Mary« bestand aus Sicherheit.

Harry befand sich auf dem Weg zu seinen Fallen. Seine beiden erwachsenen Söhne, Manny und Kenny, lagen Kopf an Kopf am Bug und unterhielten sich in fauler Wollust. Jeder der beiden hatte einen zwei Meter langen Landungshaken bei sich. Harry war mit einem zwölfpfündigen Schlageisen bewaffnet. Alle drei trugen Gummischürzen und Gummischuhe. Wenn sie an die Arbeit gingen, badeten sie in Blut.

»Hört auf, übers Vögeln zu reden«, sagte Harry. »Denkt ans Fischen.«

»Das werden wir, Alter, wenn wir so alt wie du sind.« Dies war eine zutiefst liebevolle Erwiderung.

Ein Flugzeug flog sehr niedrig über sie hinweg und näherte sich dem Flugplatz von Providence. An Bord saß

Norman Mushari und las »Das Gewissen eines Konservativen«.

Der Welt größte Privatsammlung von Harpunen befand sich in einem Restaurant namens »Die Fischreuse«, das sieben Kilometer außerhalb von Pisquontuit lag. Diese wunderbare Sammlung gehörte einem großgewachsenen Homosexuellen aus New Bedford, Bunny Weeks. Bis Bunny von New Bedford hierhergezogen war und sein Restaurant eröffnet hatte, hatte es in Pisquontuit niemals Walfang gegeben.

Bunny nannte sein Restaurant »Die Fischreuse«, weil die hitzesicheren Fenster nach Süden auf die Fischfallen von Harry Pena zu lagen. Auf jedem Tisch lag ein Opernglas, damit die Gäste Harry und seine Jungen beim Ausnehmen der Fallen beobachten konnten. Und wenn die Fischer dort draußen arbeiteten, ging Bunny von Tisch zu Tisch und erklärte mit Temperament und Kennerschaft, was sie taten und wozu sie es taten. Während seiner Erklärungen drängte er sich zwar nahe an die Frauen, niemals jedoch an einen Mann heran.

Wenn die Gäste noch intensiver an der Fischerei teilnehmen wollten, konnten sie einen Riesen-Makrelen-Cocktail bestellen, der aus Rum, Granatapfel und Preiselbeersaft bestand, oder einen Fischer-Salat mit einer Banane in einer Scheibe Ananas auf gekühltem und sahnigem Thunfisch und Kokosnußschnipseln.

Harry Pena und seine Jungen wußten von dem Salat und dem Cocktail und den Operngläsern, obgleich sie nie in dem Restaurant gewesen waren. Manchmal kamen sie dem unfreiwilligen Engagement mit dem Restaurant insofern entgegen, als sie vom Boot aus ins Wasser pinkelten. Sie nannten das »Lauchsuppe für Bunny Weeks«.

Bunny Weeks' Harpunensammlung lag quer über den rohen Planken des Souvenir-Ladens, der den äußerst schimmeligen Eingang zum Restaurant darstellte. Der Laden selbst hieß »Der fröhliche Walfänger«. Über dem Laden lag eine Art staubigen Himmelslichts, und dieser Effekt war durch das Verspritzen von »Düsenspritzmittel Bon Ami« erreicht worden, das nie abgewischt worden war. Durch diese Atmosphäre von Harpunen-und-Walfischfang-Stimmung kamen nun Amanita Buntline und Caroline Rosewater herein. Amanita ging voran, bestimmte den Auftritt und besah sich die Ausstattung. Carolines Verhalten war ein schwaches Echo auf Amanitas. Caroline wirkte deshalb so ungeschickt, weil sie stets nur das tat, was Amanita tat. In dem Augenblick, wenn Amanita einen Gegenstand aus dem Auge ließ, verlor dieser Gegenstand für Caroline an Interesse. Caroline wirkte natürlich auch aus anderen Gründen ungeschickt – weil ihr Mann arbeitete, weil sie Kleider trug, von denen jeder wußte, sie hatten Amanita gehört, weil sie sehr wenig Geld in der Handtasche hatte.

Caroline hörte nun ihre Stimme sagen, als käme sie von weit weg: »Bestimmt hat er guten Geschmack.«

»Das haben sie alle«, sagte Amanita. »Ich geh' viel lieber mit einem von ihnen einkaufen als mit einer Frau. Anwesende natürlich ausgeschlossen.«

»Wie kommt es, daß sie so künstlerisch veranlagt sind?«

»Sie sind sensibler, meine Liebe. Sie sind wie wir. Sie haben Gefühl.«

»Ach so.«

Bunny Weeks sprang nun in den »Fröhlichen Walfänger«, daß seine Schuhe mit den Gummisohlen quietschten. Er war ein schlanker Mann in den frühen Dreißigern.

Seine Augen waren die typische Ausstattung für reiche amerikanische Homosexuelle – Augen wie unechte Juwelen, synthetische Saphire mit blinkenden Weihnachtsbaumlichtern dahinter. Bunny war der Großenkel des berühmten Kapitäns Hannibal Weeks aus New Bedford, des Mannes, der schließlich Moby Dick erlegt hatte. Nicht weniger als sieben Harpunen im »Fröhlichen Walfänger« sollten aus der Haut des Großen Weißen Wals gezogen worden sein.

»Amanita! Amanita!« rief Bunny zärtlich aus. Er warf die Arme um sie und preßte sie stark an sich. »Wie geht's meinem kleinen Mädchen?«

Amanita lachte.

»Was ist daran so komisch?«

»Nichts, was mich angeht.«

»Ich hab' mir gedacht, daß du heute kommst. Hier ist ein kleiner Intelligenztest für dich.« Er wollte ihr einen neuen Verkaufsartikel zeigen, und sie sollte raten, was es war. Caroline hatte er noch nicht begrüßt, war jetzt jedoch dazu gezwungen, denn sie stand zwischen ihm und dem gesuchten Verkaufsartikel.

»Verzeihen Sie.«

»Bitte.« Caroline Rosewater trat zur Seite. Bunny schien sich nie an ihren Namen erinnern zu können, obgleich sie mindestens fünfzigmal im »Fröhlichen Walfänger« gewesen war.

Bunny fand nicht, was er suchte, drehte sich um und bemerkte wiederum Caroline vor sich. »Entschuldigen Sie.«

»Jetzt muß *ich* mich entschuldigen.« Caroline versuchte, ihm aus dem Weg zu gehen, fiel über einen kleinen Melkstuhl und hielt sich mit beiden Händen an einem Pfosten fest.

»Mein Gott!« sagte Bunny verärgert. »Haben Sie sich verletzt? Hier!« Er half ihr hoch, doch tat es auf eine Weise, daß sie immer wieder ausrutschte, als trüge sie zum erstenmal in ihrem Leben Rollschuhe. »Haben Sie sich verletzt?«

Caroline lächelte nachlässig. »Nur meine Würde.«

»Zum Teufel mit Ihrer Würde«, sagte er sehr fraulich. »Und die Knochen? Und die kleinen Eingeweide?«

»Gut, danke.«

Bunny kehrte ihr den Rücken zu und nahm die Suche wieder auf.

»Du kennst doch Caroline Rosewater, nicht wahr?« sagte Amanita. Dies war eine grausam überflüssige Frage.

»Natürlich kenne ich Mrs. Rosewater«, sagte Bunny. »Verwandt mit dem Senator?«

»Das fragen Sie mich jedesmal.«

»So? Und was antworten Sie jedesmal?«

»Ich glaube, ja – irgendwie – weit zurück – sicher.«

»Wie interessant. Er tritt von seinem Amt zurück, wie Sie wissen werden.«

»So?«

Bunny sah sie wieder an. Er hatte jetzt ein Kästchen in der Hand. »Hat er Ihnen denn nicht gesagt, daß er zurücktritt?«

»Nein, er . . .«

»Sie korrespondieren nicht mit ihm?«

»Nein«, sagte Caroline matt und zog das Kinn ein.

»Ich würde meinen, er wäre ein sehr interessanter Briefpartner.«

Caroline nickte. »Ja.«

»Aber Sie korrespondieren nicht miteinander?«

»Nein.«

»Nun also, meine Liebe«, sagte Bunny, stellte sich vor Amanita hin und öffnete das Kästchen. »Hier ist dein Intelligenztest.« Aus dem Kästchen, auf dem »Product of Mexico« stand, holte er eine größere Zinnbüchse, von der eine Seite abgenommen worden war. Die Büchse war mit buntem Tapetenpapier beklebt, sowohl innen als auch außen. An das offene Ende war ein Spitzendeckchen geheftet, auf das eine künstliche Wasserlilie gestickt war. »Und nun frage ich dich, wofür das ist. Wenn du's mir sagst, und das Ganze kostet siebzehn Dollar, gebe ich es dir gratis, so grotesk reich du auch bist.«

»Kann ich auch raten?« fragte Caroline.

Bunny schloß die Augen. »Natürlich«, flüsterte er widerwillig. Amanita gab sofort auf und erklärte stolz, sie sei dumm und hasse alle Tests. Caroline war gerade dabei, einmal zu raten, aber Bunny schloß den Test ab.

»Es ist ein Kasten für die Extrarolle Toilettenpapier!« sagte Bunny.

»Das wollte ich ja sagen«, sagte Caroline.

»So?« sagte Bunny apathisch.

»Sie hat studiert«, meinte Amanita.

»So?« fragte Bunny.

»Jawohl«, sagte Caroline. »Aber ich rede nicht viel davon. Ich denke auch nicht viel darüber nach.«

»Ich auch nicht«, sagte Bunny.

»Haben Sie auch studiert?«

»Und wenn?«

»Ich meine ja bloß.«

»Gefällt dir das Ding, mein kleines Genie?« fragte Amanita und zeigte auf den Toilettpapierkasten.

»Ja, es ist – ist sehr hübsch. Süß!«

»Willst du es?«

»Siebzehn Dollar kostet es?« sagte Caroline. »Es ist

einfach entzückend!« Sie bedauerte, arm zu sein. »Vielleicht später einmal, später.«

»Warum nicht jetzt?« fragte Amanita.

»Du weißt schon, warum.« Caroline errötete.

»Und wenn ich ihn für dich kaufe?«

»Auf keinen Fall! Siebzehn Dollar!«

»Wenn du nicht aufhörst, dir so viel Sorgen ums Geld zu machen, mein Schatz, muß ich mir eine andere Freundin suchen.«

»Was soll ich aber sagen?«

»Pack es als Geschenkpackung ein, Bunny.«

»Ach, Amanita, wie soll ich dir dafür danken!«

»Es ist nicht mehr, als du verdienst.«

»Dank dir!«

»Man kriegt, was man verdient«, sagte Amanita. »Stimmt's, Bunny?«

»Das ist ein Naturgesetz«, sagte Bunny Weeks.

Das Fischerboot »Mary« erreichte jetzt die Fallen und kam ins Blickfeld der vielen Trinker und Speisegäste im Restaurant von Bunny Weeks.

»Macht euch bereit«, rief Harry Pena seinen schnarchenden Söhnen zu. Er stellte den Motor ab. Die »Mary« trieb durch die Einfahrt der Falle in den Ring von langen Pfählen, die mit Netzen behangen waren. »Riecht ihr sie?« fragte er und meinte, ob man die großen Fische im Netz roch. Die Söhne schnüffelten und erwiderten, sie röchen sie.

Der große Bauch des Netzes, der voll oder leer sein konnte, lag am Boden des Meeres. Der Rand des Netzes ragte in die Luft und verlief von Pfahlspitze zu Pfahlspitze in eleganten Schwingungen. Der Rand verlief nur an einem Punkt unterhalb der Wasserlinie. Dieser Punkt war die Einfahrt. Er war außerdem der Mund, durch den Fische in den großen Bauch des Netzes schlüpften.

Harry war jetzt selbst innerhalb der Falle. Er machte ein Tau vom Pfahl an der Einfahrt los, fuhr weiter, hob den Mund des Netzes in die Luft und band das Tau wieder an den Pfahl. Es gab jetzt für die Fische kein Entkommen mehr. Die »Mary« rieb sich schaukelnd gegen die eine Seite des Netzes. Harry und seine Söhne stießen nebeneinander mit Eisenhaken ins Meer, zogen das Netz hoch und ließen es wieder fallen: nebeneinander und von Hand zu Hand zogen sie das Netz hoch und machten auf diese Weise den Raum innerhalb des Netzes immer kleiner. Niemand sagte ein Wort. Es war die Zeit des Zaubers. Sogar die Möwen schwiegen, wie die drei, von Gedanken gereinigt, das Netz aus der See zogen.

Der einzige Raum, der noch für die Fische übrigblieb, verengte sich zu einem ovalen Fleck, tief neben der »Mary«. Je weiter die Männer zogen, desto flacher wurde er. Vater und Söhne pausierten. Prähistorische Fischmonstrositäten kamen an die Oberfläche, öffneten die wie mit Nadeln gefüllten Mäuler und ergaben sich. Und um Kaulquappen und den ganzen bregenlosen ungenießbaren Schrecken vom Boden des Meeres herum blühte das Meer von fleckigen Rücken. Große Fische hielten sich unten in der Dunkelheit auf. Harry und die beiden Söhne arbeiteten weiter. Der Bauch des Netzes im Wasser wurde enger. Der Meeresspiegel wurde jetzt zu einem wirklichen Spiegel. Dann zerschnitt die Flosse eines Thunfisches den Spiegel und war wieder verschwunden.

In der Fischfalle gab es einige Augenblicke später eine freudige, blutige Hölle. Acht große Thunfische ließen das

Wasser wogen, kochen, aufspritzen und rollen. Sie schossen an der »Mary« vorbei, das Netz warf sie zurück, und wiederum schossen sie an der »Mary« vorbei.

Harrys Söhne ergriffen die Haken. Der Jüngere hielt den Haken unter Wasser, stieß ihn in den Bauch eines Fisches und drehte ihn herum. Der Fisch trieb langsam heran, gelähmt vom Schock, und vermied jede Bewegung, die den Schmerz noch stärker werden lassen könnte. Dann drehte der Junge den Haken mit einem plötzlichen Ruck, der neue und noch größere Schmerz ließ den Fisch steil hochschnellen, und mit einem gummiweichen Krachen fiel er ins Boot. Harry schlug ihm mit seinem Ruder auf den Kopf, der Fisch lag still. Ein weiterer Fisch schnellte ins Boot, Harry schlug zu – und schlug immer wieder zu, bis acht große Fische tot im Boot lagen.

Harry lachte und wischte sich die Nase am Ärmel ab. »Die Hundesöhne, Jungs! Die Hundesöhne!«

Die Jungen lachten ebenfalls. Alle drei waren mit dem Leben so zufrieden, wie es Männer nur sein können. Der jüngere Sohn wies mit dem Kopf auf das Restaurant von Bunny Weeks.

»Die können uns alle am Arsch lecken, stimmt's, Jungs?« sagte Harry.

Bunny trat an Amanitas und Carolines Tisch, klingelte mit seinem Sklavenarmband, legte die Hand auf Amanitas Schulter und blieb stehen. Caroline setzte das Opernglas ab und machte folgende deprimierende Feststellung: »Wie das Leben selbst! Harry Pena gleicht einem Gott.«

»Gott?« Bunny war belustigt.

»Verstehen Sie nicht, was ich meine?«

»Die Fische verstehen es bestimmt. Ich bin zufällig kein Fisch. Aber ich sag' Ihnen, was ich bin.«

»Bitte, nicht während wir essen«, sagte Amanita.

Bunny kicherte ein wenig und entwickelte seine Gedanken weiter. »Ich bin Direktor einer Bank.«

»Was hat das mit unserem Gespräch zu tun?« erkundigte sich Amanita.

»Man weiß, wer pleite ist und wer nicht. Und wenn das da draußen Gott ist, ist Gott leider pleite.«

Amanita und Caroline bezweifelten, jede auf ihre Weise, daß ein Mann, so tüchtig wie Harry Pena, je pleite gehen konnte. Während sie dies also kundgaben, verstärkte sich Bunnys Druck auf Amanitas Schulter bis zu einem Grad, daß sie sich beklagte.

»Du tust mir weh.«

»Entschuldige. Ich wußte nicht, daß das möglich war.«

»Bastard!«

»Kann sein.« Und die Hand drückte wieder zu. »Alles vorbei«, sagte er und bezog sich auf Harry und seine Söhne. Der pulsierende Handdruck teilte Amanita mit, daß sie zur Abwechslung einmal den Mund halten sollte und er zur Abwechslung einmal ernsthaft sprach. »Wirkliche Menschen verdienen sich nicht mehr auf solche Weise ihren Lebensunterhalt. Diese drei Romantiker da draußen sind so zeitgemäß wie etwa Marie Antoinette und ihre Zofen. Wenn die Bankrotterklärung kommt – in einer Woche, einem Monat, einem Jahr –, werden sie merken, daß ihr einziger wirtschaftlicher Wert darin bestanden hat, mein Restaurant lebendiger zu machen.« Bunny war nicht einmal glücklich bei dieser Feststellung; dies muß zu seinen Gunsten gesagt werden. »Das ist alles vorbei: Männer, die mit den Händen und den Rücken arbeiten. Sie werden nicht mehr gebraucht.«

»Männer wie Harry werden immer siegen, nicht wahr?« sagte Caroline.

»Sie verlieren immer und überall.« Bunny ließ Amanita los. Er sah sich im Restaurant um und forderte Amanita auf, es auch zu tun und die Gäste zu zählen. Er forderte sie außerdem dazu auf, seine Gäste so sehr zu verachten, wie er es selber tat. Fast alle waren reiche Erben. Fast alle waren Nutznießer von Klauseln und Gesetzen, die nichts mit Weisheit oder Arbeit zu tun hatten.

Vier blöde, alberne, fette Witwen in Pelzen lachten über einen schmutzigen Witz auf einer Papierserviette neben dem Cocktailglas.

»Schaut, wer siegt! Schaut, wer schon gesiegt hat!«

Elftes Kapitel

Am Flugplatz von Providence bestieg Norman Mushari ein rotes Kabriolett und fuhr achtzehn Meilen nach Pisquontuit, um Fred Rosewater aufzusuchen. Soweit Musharis Arbeitgeber informiert waren, hielt er sich in seiner Wohnung in Washington auf: krank und bettlägrig. Er fühlte sich jedoch ausgezeichnet.

Den ganzen Nachmittag suchte er Fred vergebens; dies lag daran, daß Fred in seinem Segelboot schlief – Fred tat dies öfter an warmen Tagen, doch niemand wußte es. Im Versicherungsgeschäft für arme Leute gab es an warmen Tagen nie viel zu tun. Fred ruderte dann in einem kleinen Beiboot zu seinem Ankerplatz, stieg an Bord der »Rosenblüte II« und legte sich in der Steuermannskanzel hin, für alle außer Sicht, mit dem Kopf auf einem gelben Rettungsring. Er hörte dem Glucksen des Wassers zu, dem Ächzen und Knarren der Takelage, legte eine Hand auf seine Geschlechtsteile und fühlte sich wie Gott in Frankreich und schlief ein. So weit, so gut.

Die Buntlines hatten oben im Haus eine junge Hausangestellte namens Selena Deal, die von Freds Geheimnis wußte. Aus einem kleinen Fenster in ihrem Schlafzimmer schaute sie hinaus auf die Yachtflotte. Wenn sie auf ihrem schmalen Bett saß und etwas schrieb, wie jetzt, rahmte ihr Fenster die »Rosenblüte II« ein. Ihre Tür war offen, damit sie das Telefon läuten hören konnte. Das war alles, was sie gewöhnlich während der Nachmittage zu tun hatte – ans Telefon zu gehen, wenn es klingelte. Es klingelte selten, und Selena fragte sich: »Warum sollte es auch?«

Sie war achtzehn, eine Waise aus einem Waisenhaus, das in Pawtucket 1878 von der Familie Buntline gegründet worden war. Als es gegründet worden war, stellten die Buntlines drei Bedingungen: alle Waisenkinder sollten christlich erzogen werden, unabhängig von Rasse, Hautfarbe oder ursprünglichem Glaubensbekenntnis; sie sollten einmal in der Woche einen Eid schwören, und zwar vor dem Sonntagsmahl, und jedes Jahr sollte ein intelligentes, sauberes weibliches Waisenkind dem Buntline-Haushalt als Dienstmädchen beitreten, damit es »die besseren Dinge im Leben kennenlerne und vielleicht dazu angehalten werde, ein paar Streben auf der Leiter der Kultur und des gesellschaftlichen Anstands hochzuklettern«.

Der Eid, den Selena sechshundertmal hatte schwören müssen und der von Castor Buntline, dem armen alten Urgroßvater Stewarts, geschrieben worden war, lautete: »Hiermit lege ich diesen feierlichen Eid ab, das geheiligte Eigentum anderer zu respektieren und damit zufrieden zu sein, was mir Gott im Leben zuweist. Ich will dankbar gegenüber jenen sein, die mir Arbeit geben, und mich nie über Lohn oder Arbeitsstunden beschweren, sondern statt dessen fragen: ›Was kann ich noch für meinen Arbeitgeber, meinen Staat und meinen Gott tun?‹ Ich weiß, daß ich nicht auf Erden bin, um glücklich zu sein. Ich bin hier, um geprüft zu werden. Wenn ich diese Prüfung bestehen soll, muß ich immer selbstlos sein, immer nüchtern, immer ehrlich, immer keusch im Geiste, im Körper und in meinen Taten und immer jene respektieren, die Gott in seiner Weisheit über mich gestellt hat. Wenn ich die Prüfung bestehe, werde ich bei meinem Tode zu ewig während Freuden im Himmel kommen. Wenn ich versage, werde ich in der Hölle rösten, während der Teufel sich ins Fäustchen lacht und Jesus weint.«

Selena, ein hübsches Mädchen, das wunderschön Klavier spielte und Krankenschwester werden wollte, schrieb an den Vorsteher des Waisenhauses, einen Mann namens Wilfred Parrot. Parrot war sechzig. Er hatte viel Interessantes im Leben getan, wie zum Beispiel in Spanien in der Abraham-Lincoln-Brigade gekämpft und zwischen 1933 und 1936 Radiosendungen mit dem Titel »Jenseits des blauen Horizonts« geschrieben. Er leitete das Waisenhaus mit leichter Hand. Alle Kinder nannten ihn »Papa«, und alle Kinder konnten kochen und tanzen und ein Musikinstrument spielen und malen.

Selena war jetzt einen Monat bei den Buntlines. Sie sollte ein Jahr bleiben. Sie schrieb: »Lieber Papa Parrot, vielleicht wird es hier noch besser werden, aber ich weiß nicht wie. Mrs. Buntline und ich, wir kommen nicht sehr gut miteinander aus. Sie sagt immerzu, ich sei undankbar und frech. Das will ich gar nicht sein, aber vielleicht bin ich es doch. Ich hoffe bloß, sie wird auf mich nicht so wütend, daß sie ihren Zorn am Waisenhaus ausläßt. Darum mache ich mir wirklich Sorgen. Ich werde also noch mehr versuchen, dem Eid Folge zu leisten. Aber es geht so viel schief, weil sie in meinen Augen immer gewisse Dinge sieht. Solche Dinge kann ich aus meinen Augen nicht 'raushalten. Sie sagt etwas oder tut etwas, was ich für dumm oder bemitleidenswert halte; zwar sage ich nichts, doch sie sieht es in meinen Augen und wird sehr ärgerlich. Einmal hat sie behauptet, Musik sei in ihrem Leben das wichtigste, nach ihrem Mann und ihrer Tochter. Im Haus sind überall Lautsprecher, die alle mit einem großen Plattenspieler in der Flurgarderobe verbunden sind. Er spielt den ganzen Tag, und Mrs. Buntline sagte, ihr mache es mehr als alles andere Spaß, morgens ein musikalisches Programm auszuwählen und den Plattenspieler damit zu befrachten. Heute früh kam aus allen Lautsprechern wieder Musik, die nicht so klang wie Musik, wie ich sie kenne: sehr hoch und schnell und zwitschernd, und Mrs. Buntline summte mit und wiegte den Kopf von einer Seite zur andren, damit ich sehe, wie es ihr gefalle. Ich wurde dabei fast verrückt. Und dann kam ihre beste Freundin, eine Frau namens Mrs. Rosewater, und sagte, wie sehr auch ihr die Musik gefiele. Schließlich heulte ich und fragte Mrs. Buntline, was das um Himmels willen für Musik sei. ›Aber, liebes Kind‹, sagte sie, ›das ist Musik von keinem anderen als dem unsterblichen Beethoven.‹ – ›Beethoven?‹ fragte ich. – ›Ja, hast du schon mal von ihm gehört?‹ – ›Ja, gnädige Frau, das habe ich. Daddy Parrot hat Beethoven sehr oft im Waisenhaus gespielt, aber das hat anders geklungen.‹ Sie nahm mich mit zum Plattenspieler und sagte, sie werde mir beweisen, daß es Beethoven sei. Sie habe nur Beethoven-Platten aufgelegt, denn ab und zu habe sie eben einen Beethoven-Tick. Und auch Mrs. Rosewater sagte, sie bewundere Beethoven. Mrs. Buntline sagte, ich solle mir ansehen, was im Plattenwechsler sei, und ihr sagen, ob es Beethoven war oder nicht. Es war Beethoven. Es waren sogar alle neun Symphonien von Beethoven, doch die arme Frau hatte den Plattenspieler auf achtundsiebzig statt auf dreiunddreißig Umdrehungen eingestellt, und sie hörte den Unterschied nicht heraus. Ich habe ihr das dann gesagt. Ich mußte es ihr doch sagen, nicht wahr? Ich war sehr höflich, doch ich hatte wohl wieder etwas in meinen Augen, weil sie sehr ärgerlich wurde, und ich mußte hinaus und die Toilette des Chauffeurs hinten in der Garage reinigen. Es war aber keine so schmutzige Arbeit. Sie haben nämlich seit Jahren keinen Chauffeur mehr.

Ein anderes Mal nahm sie mich zu einem Segelbootrennen mit, in Mr. Buntlines großem Motorboot. Ich hatte drum gebeten. Denn die Leute in Pisquontuit schienen immer nur über Segelbootrennen zu reden. Ich wollte doch mal sehen, was daran so interessant war. Mrs. Buntlines Tochter Lila war an jenem Tag dabei. Lila ist die beste Seglerin der Stadt. Du solltest einmal alle die Trophäen sehen, die sie schon gewonnen hat. Sie gehören zu den Hauptsehenswürdigkeiten im Haus. Bilder hat man hier kaum. Ein Nachbar hat einen Picasso, aber ich habe ihn sagen hören, er hätte viel lieber eine Tochter, die so segeln könne wie Lila. Wir fuhren also hinaus, und Sie hätten Mrs. Buntline schreien und fluchen hören sollen. Wissen Sie noch, was Arthur Gonsalves alles gesagt hat? Nun, Mrs. Buntline gebrauchte Wörter, die sogar für Arthur neu gewesen wären. Nie habe ich eine Frau so aufgeregt und wild sehen werden. Sie vergaß einfach, daß ich dabei war. Sie sah wie eine tollwütige Hexe aus. Man hätte denken können, das Schicksal der Welt würde von diesen sonnengebräunten Kindern in den hübschen kleinen weißen Booten entschieden. Schließlich erinnerte sie sich meiner, und es fiel ihr wohl ein, daß sie Dinge gesagt hatte, die nicht sehr schön waren. ›Du mußt verstehen, wieso wir jetzt alle so aufgeregt sind‹, sagte sie. ›Lila hat nämlich die Commodore-Trophäe so gut wie sicher.‹ – ›Ach so‹, sagte ich, ›das erklärt alles.‹ Ich schwöre Ihnen, Papa, das war alles, was ich sagte, aber in meinen Augen muß wieder mehr gestanden haben.

Was mich an diesen Leuten am meisten stört, Papa, ist ihre Unwissenheit oder ihre Trunksucht. Es stört mich ihre Art, davon überzeugt zu sein, alles Gute in der Welt wäre ein Geschenk von ihnen oder ihren Vorfahren an die armen Leute. Am allerersten Abend im Haus der Buntlines sollte ich auf die Veranda hinauskommen und mir den Sonnenuntergang ansehen. Ich tat es auch, und ich sagte, es gefiele mir sehr, aber Mrs. Buntline wartete wohl auf noch mehr. Mir fiel nichts ein, was ich noch hätte sagen können, darum sagte ich etwas, was eigentlich sehr dumm klang: ›Vielen Dank.‹ Genau darauf hatte sie gewartet. ›Bitte, gern geschehen‹, sagte sie. Seitdem habe ich ihr für den Ozean, den Mond, die Sterne am Himmel und die Verfassung der Vereinigten Staaten gedankt.

Vielleicht bin ich bloß zu vorlaut und zu dumm, um die Schönheit von Pisquontuit wirklich schätzen zu können. Vielleicht wirft man hier Perlen vor die Säue, doch ich bin verwirrt. Ich hab' Heimweh. Schreiben Sie bitte bald. Ich denke viel an Sie.

Selena.

P.S. Wer regiert dieses verrückte Land eigentlich? Diese Würmer bestimmt nicht.«

Norman Mushari vertrieb sich den Nachmittag, indem er hinüber nach Newport fuhr und fünfundzwanzig Cent bezahlte, um sich das berühmte Rumfoord-Landhaus anzusehen. Die komische Sache daran war die, daß die Rumfoords immer noch in dem Landhaus wohnten und alle Besucher anstarrten. Außerdem brauchten sie das Geld, weiß Gott, nicht.

Mushari fühlte sich abgestoßen von der Art und Weise, wie ihn Lance Rumfoord, der über zwei Meter groß war, mit Blicken maß und ihn anwieherte, und er beschwerte sich darüber bei dem Hausdiener, der die Besichtigungstour leitete. »Wenn man hier die Öffentlichkeit so sehr verachtet«, sagte Mushari, »sollte man sie nicht noch einladen und ihr Geld nehmen.«

Damit gewann er aber nicht das Mitgefühl des Dieners, der mit beißendem Fatalismus erklärte, das Grundstück sei nur einmal in fünf Jahren der Öffentlichkeit zugänglich. Dies sei in einem Testament festgelegt worden, das jetzt drei Generationen alt war.

»Wieso sollte so etwas in einem Testament stehen?«

»Es war die Überzeugung des Gründers dieses Besitztums, es sei im Interesse der Leute, die hier wohnten, ab und zu mit Leuten von draußen zusammenzukommen.« Der Diener schaute Mushari von oben bis unten an. »Man könnte es auch Information über das Tagesgeschehen nennen. Verstehen Sie?«

Als Mushari das Grundstück wieder verließ, kam ihm Lance Rumfoord nachgelaufen. Auf gemeine Weise leutselig, stand er riesig vor dem kleinen Mushari, erklärte ihm, daß sich seine Mutter für einen großartigen Menschenkenner hielt und meine, Mushari habe in der Infanterie der Vereinigten Staaten gedient.

»Nein«, erklärte Mushari.

»Wirklich nicht? Meine Mutter irrt sich selten. Sie sagte ausdrücklich, Sie müßten Scharfschütze gewesen sein.«

»Nein.«

Lance hob die Schultern. »Wenn nicht in diesem Leben, dann in einem anderen.« Und er maß ihn wieder verächtlich mit Blicken und wieherte.

Söhne von Selbstmördern denken oft daran, sich am Ende des Tages umzubringen, wenn ihr Blutzuckergehalt niedrig ist. So war es auch mit Fred Rosewater, als er von seiner Arbeit nach Haus kam. Fast fiel er über den Staubsauger im Eingang zum Wohnzimmer, fing sich wieder, stieß sein Schienbein an einem kleinen Tisch und warf dabei die Pfefferminzplätzchen zu Boden. Er ging in die Knie und hob sie auf.

Er wußte, seine Frau war zu Haus, denn der Plattenspieler, den ihr Amanita zum Geburtstag geschenkt hatte, lief. Nur fünf Platten gehörten ihr, und die hatte sie alle aufgelegt: eine Zugabe beim Eintritt in einen Schallplattenring. Caroline war es unendlich schwergefallen, fünf Gratis-Schallplatten aus einer Liste von hundert Stück auszuwählen; die fünf, die sie endlich gewählt hatte, waren »Komm tanz mit mir« mit Frank Sinatra, »Ein feste Burg ist unser Gott und andere religiöse Lieder«, gesungen vom Mormonischen Tabernacle-Chor, »It's a long way to Tipperary und anderes«, gesungen vom Sowjetischen Armee-Chor, »Die Symphonie aus der Neuen Welt« unter Leitung von Leonard Bernstein und »Gedichte von Dylon Thomas«, rezitiert von Richard Burton.

Es war die Burton-Platte, die gerade lief, als Fred die Pfefferminzplätzchen aufhob. Fred stand auf, wankte.

Glocken tönten ihm in den Ohren, Flecke tanzten ihm vor den Augen. Er ging ins Schlafzimmer und fand seine Frau schlafend im Bett, angezogen. Sie war betrunken und voll von Brathuhn und Mayonnaise, wie immer nach einem Lunch mit Amanita.

Fred schlich auf Zehenspitzen wieder hinaus und erwog, sich an einem Leitungsrohr im Keller aufzuhängen.

Doch dann erinnerte er sich seines Sohns. Er hörte Toilettenrauschen, der kleine Franklin war also im Badezimmer. Er begab sich in Franklins Schlafzimmer und wartete; hier, nur in diesem Zimmer, fühlte sich Fred wirklich geborgen. Die Rollos waren heruntergezogen, was etwas verwirrend war, denn es gab eigentlich keinen Grund, das letzte Sonnenlicht fernzuhalten, und es gab keine Nachbarn, die hereingucken konnten.

Das einzige Licht kam von einer merkwürdigen Lampe auf dem Nachttisch. Diese Lampe bestand aus der Gipsstatue eines Schmiedes, der seinen Hammer erhoben hatte. Hinter dem Schmied war eine Scheibe orangefarbenen Milchglases. Hinter der Scheibe befand sich die Glühbirne, und über ihr eine kleine Zinnwindmühle. Die durch die Glühbirne erhitzte Luft brachte die Windmühle zum Drehen. Die helle Oberfläche der sich drehenden Windmühle brachte das Licht auf der orangefarbenen Glasscheibe zum Flackern, so daß es wie bei einem Brand aussah.

Zu dieser Lampe gehörte eine Geschichte. Die Lampe war dreiunddreißig Jahre alt. Die Gesellschaft, die diese Lampen hergestellt hatte, war die letzte Finanzspekulation von Freds Vater gewesen.

Fred dachte daran, eine Handvoll Schlaftabletten zu nehmen, und erinnerte sich wieder seines Sohns. Er sah sich in dem gespenstisch erleuchteten Zimmer nach etwas um, worüber er mit dem Jungen sprechen konnte, und sah die Ecke einer Fotografie, die unter dem Kopfkissen hervorguckte. Fred zog die Fotografie hervor und dachte, sie stelle wahrscheinlich einen Sporthelden dar oder vielleicht Fred selbst am Bug des Segelbootes »Rosenblüte II«.

Doch es stellte sich als ein pornographisches Bild heraus, das der kleine Franklin diesen Morgen von Lila Buntline erstanden hatte, und zwar mit dem Geld, das er sich beim Zeitungsaustragen verdiente. Man sah zwei fette, einfältige, nackte Huren, von denen die eine versuchte, einen etwas unmöglichen Geschlechtsakt mit einem würdigen, anständigen, ernsten Shetland-Pony auszuführen.

Angewidert und verwirrt steckte Fred das Bild ein, stolperte hinaus in die Küche und fragte sich, was er in Gottes Namen zu Franklin sagen sollte.

In der Küche wäre ein elektrischer Stuhl nicht fehl am Platze gewesen. So also sah Carolines Hölle aus. Ein Philodendron war vertrocknet. Im Abwaschbecken lag ein Klumpen Seife, der aus vielen kleinen Reststückchen Seife gemacht worden war. Seifenklumpen aus Reststückchen Seife zu machen, war die einzige Kunst, die Caroline in die Ehe mitgebracht hatte; ihre Mutter hatte es sie gelehrt.

Fred dachte daran, in die Badewanne heißes Wasser einzulassen, sich hineinzulegen und seine Pulsadern mit einer rostfreien Stahlklinge aufzuschneiden. Doch dann sah er, daß der kleine Mülleimer aus Plastik, der in der Ecke stand, voll war, und er wußte, wie hysterisch Caroline wurde, wenn sie aus ihrer Trunkenheit erwachte und entdeckte, daß niemand den Mülleimer hinausgetragen hatte. Also trug er ihn hinaus zur Garage und leerte ihn und wusch ihn dann mit einem Gartenschlauch an der Seite des Hauses aus.

Dort bemerkte Fred, daß jemand im Keller das Licht hatte brennen lassen. Er schaute durch das verstaubte Fenster hinunter und sah die Spitze des Schranks für Konserven. Obendrauf lag die Familiengeschichte, die sein Vater geschrieben hatte – eine Geschichte, die er niemals hatte lesen wollen. Daneben gab es auch eine Büchse mit Rattengift und einen Revolver, der dick mit Rost bezogen war.

Es war ein interessantes Stilleben. Dann bemerkte Fred, daß das Manuskript nicht völlig ruhig dalag; eine kleine Maus knabberte an einer Ecke.

Fred klopfte ans Fenster. Die Maus zögerte, sah überallhin, nur nicht auf Fred, und knabberte weiter.

Fred stieg in den Keller hinab und holte das Manuskript vom Regal, um zu sehen, wie stark es beschädigt war. Er blies den Staub von der Titelseite. Der Titel lautete: »Geschichte der Rosewaters aus dem Staat Rhode Island, von Merrihue Rosewater.« Fred löste das Band, das das Manuskript zusammenhielt, schlug die erste Seite auf und las:

»Die Heimat der Rosewater-Familie lag und liegt auf den Scilly-Inseln vor der Küste von Cornwall. Der Ahnherr der Familie, dessen Name John war, segelte 1645 nach der St.-Mary-Insel; an Bord war unter anderen der fünfzehnjährige Prinz Karl, der später Karl II. wurde, der vor der Revolution der Puritaner floh. Der Name Rosewater war damals ein Pseudonym. Bis John ihn wählte, gab es keine Rosewater in England. Sein wirklicher Name war John Graham. Er war der jüngste der fünf Söhne von James Graham, dem fünften Earl und ersten Marquis von Montrose. Ein Pseudonym war nötig; denn James Graham war einer der Führer der Royalisten, und die Sache der Royalisten war verloren. James, der viele romantische Abenteuer unternahm, verkleidete sich einmal, ging ins schottische Hochland, organisierte ein kleines, doch tapferes Heer und führte es zu sechs blutigen Siegen über die weit größeren Streitkräfte der Presbyterianer des Archibald Campbell, des achten Earl von Argyll. James war auch ein Dichter. Jeder Rosewater ist also tatsächlich ein Graham und hat Blut schottischen Adels in sich. James wurde 1650 gehängt.«

Der arme alte Fred konnte einfach nicht glauben, daß er mit solchen ruhmreichen Dingen etwas zu tun haben sollte. Zufällig trug er »Argyll-Socken«, und er zog sich ein wenig die Hosen hoch, um sie sich anzusehen. »Argyll« hatte jetzt für ihn neue Bedeutung. Einer seiner Vorfahren, sagte er sich, hatte den Earl von Argyll sechsmal aufs Haupt geschlagen. Fred bemerkte auch, daß er sich seine Schienbeine schlimmer aufgestoßen hatte, als er dachte; denn Blut lief auf die Argyll-Socken herunter. Trotzdem las er weiter:

»John Graham, der als John Rosewater auf den Scilly-Inseln neu getauft wurde, meinte offenbar, daß das milde Klima und der neue Name gut zusammenpaßten; denn er blieb hier bis zu seinem Tode und hinterließ sieben Söhne und sechs Töchter. Auch er soll ein Dichter gewesen sein, doch ist keins seiner Werke erhalten. Hätten wir einige seiner Gedichte, könnten sie erklären, was für uns ein Geheimnis bleiben muß: warum ein Edelmann seinen guten Namen und alle die Vorrechte, die er vielleicht genoß, aufgab und zufrieden damit war, als Bauer auf einer Insel fern den Zentren des Reichtums und der Macht zu leben. Ich kann es mir zwar denken, doch es bleibt natürlich nur Annahme – vielleicht hatte er nämlich von den ganzen blutigen Geschichten, die er miterlebt hatte, als er noch an der Seite seines Bruders gekämpft hatte, die Nase voll. Auf jeden Fall unternahm er nichts, um der Familie mitzuteilen, wo er sich aufhielt, oder sich als ein Graham zu erkennen zu geben, als das Königtum siegte. In der Familiengeschichte der Grahams heißt es, er sei auf hoher See umgekommen, als er den Prinzen Karl bewachte.«

Fred hörte, wie Caroline sich oben erbrach.

»John Rosewaters dritter Sohn, Frederick, war der direkte Ahnherr der Rhode-Island-Rosewaters. Wir wissen nur wenig über ihn, außer daß er einen Sohn namens George hatte, der erste Rosewater, der die Insel verließ. George ging im Jahr 1700 nach London und wurde Blumenzüchter. George hatte zwei Söhne, von denen der jüngere, John, wegen Schulden 1731 ins Gefängnis kam. 1732 wurde er durch Eingreifen von James E. Oglethorpe befreit, der Johns Schulden unter der Bedingung bezahlte, daß dieser ihn auf einer Expedition nach Georgia begleitete. John sollte als Hauptpflanzenkenner der Expedition dienen, die plante, Maulbeerbäume zu züchten und Seide zu gewinnen. John Rosewater sollte auch der Hauptarchitekt werden und entwarf den Ort, der einmal Savannah heißen sollte. 1742 wurde John in der Schlacht von Bloody Marsh gegen die Spanier schwer verwundet.«

An dieser Stelle war Fred über die Findigkeit und Tapferkeit seines eigen Fleisch und Blut in der Vergangenheit derart begeistert, daß er sogleich seiner Frau davon berichten mußte. Doch er dachte nicht daran, das heilige Buch nach oben zu seiner Frau zu bringen; es mußte im heiligen Keller bleiben, und sie mußte herunterkommen.

Also zog er ihr die Bettdecke weg – gewiß der kühnste und offensichtlichste Geschlechtsakt ihrer Heirat –, erklärte ihr, sein wirklicher Name sei Graham, ein Vorfahr von ihm hätte Savannah entworfen und sie müsse jetzt mit ihm zusammen in den Keller kommen.

Sie stampfte, halb im Schlaf, hinter Fred her in den Keller, und er zeigte auf das Manuskript: gab ihr auch eine angeberische Zusammenfassung der Geschichte der Rhode-Island-Rosewaters bis zur Schlacht von Bloody Marsh.

»Was ich dir klarzumachen versuche«, sagte er, »ist dies – wir stellen was dar. Wir sind nicht nichts!«

»Mir ist es nie in den Sinn gekommen, daß wir nichts sind.«

»Ja, dir ist es nicht in den Sinn gekommen!« sagte er mit Schärfe, aber wie nebenbei. Die Wahrheit überraschte sie nämlich beide. »Du weißt schon, was ich meine.« Er versuchte fortzufahren, aber es gelang ihm nicht recht, weil er in der ungewohnten Lage war, etwas Wichtiges zu sagen.

»Diese Gernegroße, die du für so wundervoll hältst, haben, verglichen mit uns – verglichen mit mir –, kaum irgendwelche Vorfahren, die sich mit meinen vergleichen lassen. Ich habe immer gedacht, Leute, die mit ihren Stammbäumen angeben, sind blöde – aber, bei Gott, wenn jemand irgendwelche Vergleiche anstellen will, dann kann ich ihnen mal meinen Stammbaum zeigen! Wir brauchen uns für nichts mehr zu entschuldigen!«

»Ich verstehe bloß nicht, was du eigentlich willst.«

»Andere Leute sagen ›Hallo‹ oder ›Auf Wiedersehn!‹ Wir sagen immer ›Verzeihung‹, ganz egal, was wir machen.« Er warf die Arme in die Luft. »Keine Entschuldigungen mehr! Schön, wir sind arm. Gut, wir sind arm. Das ist Amerika. Aber Amerika ist wenigstens einer der Flecken in der Welt, wo sich die Leute nicht dafür entschuldigen sollten, arm zu sein. Die Frage, die man in Amerika stellt, sollte doch sein: ›Bist du ein guter Staatsbürger? Bist du ehrlich? Hältst du dich über Wasser?‹«

Fred hob das Manuskript mit beiden plumpen Händen und bedrohte damit die arme Caroline. »Die Rhode-Island-Rosewaters sind in der Vergangenheit aktive, schöpferische Menschen gewesen und werden es auch in Zukunft sein«, erklärte er ihr. »Einige haben Geld gehabt und andere nicht, aber, bei Gott, sie haben alle in der Geschichte ihre Rolle gespielt! Keine Entschuldigungen mehr!«

Er hatte Caroline auf seine Seite gezogen. Für eine leidenschaftliche Person war das eine einfache Sache; denn sie nickte nur immer mit angsterfülltem Respekt.

»Weißt du denn, was über der Tür der Staatsarchive in Washington steht?«

Sie gab zu, sie wußte es nicht.

»›Vergangenheit ist nur Vorspiel.‹«

»Ach so.«

»Gut«, sagte Fred. »Jetzt wollen wir die Geschichte der Rhode-Island-Rosewaters zusammen lesen und versuchen, unsere Ehe mit ein wenig gegenseitigem Stolz und Glauben zu kitten.«

Sie nickte hilflos.

Die Geschichte von John Rosewater in der Schlacht von Bloody Marsh endete auf der zweiten Seite des Manuskriptes. Also nahm Fred die Ecke dieser Seite zwischen Daumen und Zeigefinger und hob sie auf dramatische Art und Weise von den darunterliegenden Wundern.

Das Manuskript war hohl. Termiten hatten der Geschichte das Herz aus dem Leibe genagt. Sie waren noch immer da, blaugraue Maden, und nagten weiter.

Als Caroline auf die Stufen des Kellers gesunken war, zitternd vor Ekel, sagte sich Fred ganz ruhig, daß jetzt die Zeit für ihn gekommen war, wirklich zu sterben. Fred konnte mit geschlossenen Augen in jedes Seil einen Selbstmörderknoten binden, und nun knotete er einen in die Wäscheleine. Er kletterte auf einen Hocker, band das andere Ende an ein Wasserrohr und zog probeweise daran.

Jetzt legte er sich gerade die Schlinge um den Hals, als der kleine Franklin die Kellertreppe hinunterrief, daß ihn ein Mann zu sprechen wünsche. Und dieser Mann, nämlich Norman Mushari, kam jetzt auch noch, ohne dazu aufgefordert zu sein, die Treppe herunter und hatte eine dicke verschnürte Ledermappe bei sich.

Fred beeilte sich, aus der Schlinge, in der man ihn beinahe ertappt hätte, herauszukommen.

»Bitte schön . . .?« sagte er zu Mushari.

»Mr. Rosewater . . .?«

»Ja . . .?«

»In diesem Augenblick, Mr. Rosewater, sind Ihre Verwandten in Indiana dabei, Sie und die Ihren um Ihr angeborenes Recht zu betrügen, und zwar um Millionen und aber Millionen Dollar. Ich bin gekommen, um Ihnen zu erklären, daß ein verhältnismäßig billiger und einfacher Vorgang vor Gericht Ihnen diese Millionen erhalten kann.«

Fred fiel ohnmächtig um.

Zwölftes Kapitel

Es war nahezu Zeit – zwei Tage später –, daß sich Eliot
zur Greyhound Bus Station begab, um nach Indianapolis zu fahren, wo er sich mit Sylvia im »Bluebird Room«
des Marott-Hotels verabredet hatte. Mittag war es jetzt,
und Eliot schlief noch immer. Er hatte eine bitterböse
Nacht verbracht, nicht nur der Telefonanrufe, sondern
auch der Leute wegen, die persönlich die ganze Nacht
lang zu ihm gekommen waren – mehr als die Hälfte davon betrunken. In Rosewater war nämlich eine Panik
ausgebrochen. Gleichgültig, wie oft Eliot es bestritten
hatte: seine Klienten waren überzeugt, er würde sie für
immer verlassen.

Eliot hatte den Schreibtisch gesäubert. Auf die Tisch-
platte hatte er einen neuen blauen Anzug gelegt, ein
neues weißes Hemd, einen neuen blauen Schlips, ein
Paar neue schwarze Nylonsocken, neue Unterhosen, eine
neue Zahnbürste und eine Flasche »Lavoris«. Die neue
Zahnbürste hatte er einmal benutzt, und sein Mund war
zerkratzt und blutig.

Draußen bellten Hunde. Sie überquerten die Straße
vor dem Feuerwehrhaus, um einen ihrer bevorzugten
Bürger zu begrüßen, Delbert Peach, Trunkenbold von
Rosewater. Sie begleiteten ihn bei seinen Anstrengun-
gen, aufzuhören, ein Mensch zu sein, und sich in einen
Hund zu verwandeln. »Los! Los! Los!« schrie er ohne
Erfolg. »Verflucht noch mal, ich bin doch nicht läufig...!«

Er stolperte zur Eliotschen Straßentür herein, schlug die
Tür zu und sang auf den Stufen:

»Ich hab 'n Tripper und noch dazu die Krätze.

Der Tripper schmerzt nicht, doch es schmerzt des Lebens Hetze.«

Delbert Peach, unrasiert und stinkend, gelangte mit diesem Lied halbwegs die Stufen hoch, und auf dem Rest der Stufen sang er die Nationalhymne vom »Sternenbanner«. Nach Atem schnappend und rülpsend und summend betrat er Eliots Büro.

»Mr. Rosewater? Mr. Rosewater?« Eliots Kopf war unter der Bettdecke, und seine Hände hielten noch im Schlaf das Leinentuch fest. Damit Eliots geliebtes Gesicht sichtbar wurde, mußte Peach die Hände vom Leinentuch lösen. »Mr. Rosewater – leben Sie noch?«

Eliots Gesicht war verzerrt, als er mit Peach um die Bettdecke kämpfte.

»Was? Was ist denn?« Er öffnete weit die Augen.

»Gott sei Dank! Ich hab' geträumt, Sie sind tot.«

»Nicht daß ich wüßte.«

»Ich hab' geträumt, die Engel sind vom Himmel 'runtergekommen und haben Sie hochgetragen und gleich neben Jesus selber abgesetzt.«

»Nein«, erwiderte Eliot unausgeschlafen. »So etwas ist nicht passiert.«

»Einmal kann es doch passieren. Und das Weinen und Klagen in der Stadt werden Sie bis oben hören.«

Eliot hoffte, er würde das Weinen und Klagen da oben nicht hören, doch er sprach dies nicht aus.

»Und obwohl Sie nicht im Sterben liegen, Mr. Rosewater, weiß ich doch, Sie kommen nie mehr zu uns zurück. Sie fahren nach Indianapolis, wo die ganzen Amüsements und das Lichtermeer und die schönen Gebäude sind, und Sie kommen wieder auf den Geschmack und wollen immer mehr, was für einen, der das elegante Stadtleben genossen hat wie Sie, nur natürlich ist, und ehe Sie sich's versehen, sind Sie wieder in New York und sind wieder ganz obenauf, und warum auch nicht?«

»Mr. Peach«, begann Eliot und rieb sich die Augen, »sollte ich wirklich wieder nach New York kommen und wieder ganz obenauf sein, wissen Sie, was mit mir geschehen würde? In dem Augenblick, wo ich in die Nähe von schiffbarem Wasser käme, würde mich ein Blitz in dieses Wasser schlagen, ein Walfisch mich verschlucken und der Walfisch zum Golf von Mexiko schwimmen und den Mississippi hoch und in den Ohio hinein, den Wabash-Fluß hoch, den White-Fluß, den Lost-Fluß bis zum Rosewater-Bach. Und dieser Walfisch würde aus dem Bach in den Rosewater-Schiffskanal springen und im Kanal bis zu unserer Stadt schwimmen und mich hier ausspucken. Und da wäre ich dann wieder.«

»Ob Sie nun zurückkommen oder nicht, Mr. Rosewater, ich möchte Ihnen auf jeden Fall ein kleines Geschenk verehren, und zwar in der Form einer guten Nachricht, die Sie dann mitnehmen können.«

»Und worin besteht diese Nachricht, Mr. Peach?«

»Vor zehn Minuten habe ich für alle Zeiten dem Alkohol abgeschworen. Das ist mein Geschenk für Sie.«

Eliots Telefon läutete. Er griff hastig danach, denn es war der heiße Draht von der Feuerwehr.

»Hallo!«

Er drückte die Finger der linken Hand zusammen, außer dem mittleren. Den hielt er hoch, doch war dies keine obszöne Geste. Er hielt nur den Mittelfinger bereit, um auf den roten Knopf drücken und die Weltuntergangssirene oben auf dem Feuerwehrhaus auslösen zu können.

»Mr. Rosewater?« Es war eine Frauenstimme, die sich sehr schüchtern gab.

»Ja! Ja doch!« Eliot sprang auf und nieder. »Wo ist das Feuer?«

»In meinem Herzen, Mr. Rosewater.«

Eliot raste vor Wut, und niemand wäre überrascht gewesen, der ihn gesehen hätte. Für seine Wutanfälle bei falschen Alarmen war er berüchtigt. Dies war das einzige, was er wirklich verabscheute. Er erkannte den Anrufer – es war Mary Moody, die Hure, deren Zwillinge er am Vortage getauft hatte, die man der Brandstiftung verdächtigte, die als Warenhausdieb mit Vorstrafen und als Fünf-Dollar-Hure bekannt war. Eliot schrie sie an, weil sie den heißen Draht gebraucht hatte.

»Gott verdamme dich für diesen Anruf! Ins Gefängnis mit dir, wo du verrecken kannst! Blöde Hurenweiber, die private Anrufe über die Feuerwehrleitung machen, sollten in die Hölle kommen und da ewig rösten!« Er knallte den Hörer auf.

Ein paar Sekunden später läutete das schwarze Telefon. »Hier ist die Rosewater-Stiftung«, sagte Eliot freundlich. »Wie können wir Ihnen helfen?«

»Mr. Rosewater – hier ist noch mal Mary Moody.« Sie schluchzte.

»Was, um Gottes willen, ist denn mit dir los, mein Liebling?« Er erinnerte sich wirklich an nichts mehr und war bereit, jeden zu töten, der sie zum Weinen gebracht hatte.

Ein schwarzer Chrysler-Imperial, von einem Chauffeur gesteuert, fuhr unterhalb von Eliots zwei Bürofenstern vor. Der Chauffeur öffnete den schwarzen Wagenschlag. Etwas schwerfällig vor Gelenkschmerzen kletterte Senator Lister Ames Rosewater heraus. Er kam unerwartet.

Mit knarrenden Gelenken ging er nach oben. Diese

unangenehme Fortbewegungsart hatte früher durchaus nicht zu seinem Stil gehört, doch er war unlängst fürchterlich gealtert und wollte auch jedem zeigen, daß er fürchterlich gealtert war. Er tat, was wenige Besucher jemals taten: er klopfte nämlich an Eliots offenstehender Bürotür an und fragte, ob er eintreten dürfe. Eliot, der immer noch in stark riechenden Weltkriegsunterhosen steckte, eilte auf seinen Vater zu und umarmte ihn.

»Papa, Papa – was für eine herrliche Überraschung!«

»Es fällt mir nicht gerade leicht, dich hier zu besuchen.«

»Hoffentlich nicht, weil du meinst, ich freue mich etwa nicht.«

»Ich kann den Anblick dieser Höhle nicht aushalten.«

»Sieht aber schon besser aus als vor einer Woche.«

»Wirklich?«

»Wir haben das Haus von oben bis unten gereinigt.«

Der Senator zuckte zusammen und stieß mit der Schuhspitze eine Büchse Bier zur Seite. »Nicht meinetwegen, will ich hoffen. Bloß weil ich fürchte, die Cholera könnte ausbrechen, brauchst du nicht auch noch dasselbe zu glauben.« Er sagte dies ganz ruhig.

»Kennst du Delbert Peach?«

»Ich habe von ihm gehört.« Der Senator nickte. »Wie geht's, Mr. Peach. Mit Ihrer Kriegerlaufbahn weiß ich Bescheid – zweimal desertiert, nicht? Oder dreimal?«

Peach, zusammengekauert und mürrisch in der Gegenwart einer solchen majestätischen Person, murmelte, er habe nie beim Militär gedient.

»Dann war es wohl Ihr Vater, entschuldigen Sie. Man kann schwer erkennen, wie alt jemand ist, wenn er sich nur selten wäscht oder rasiert.«

Peach gab durch sein Schweigen zu, daß es wahrscheinlich sein Vater gewesen war, der dreimal desertierte.

»Könnten wir nicht ein paar Minuten alleine miteinander sprechen?« fragte der Senator seinen Sohn. »Oder würde das deiner Philosophie zuwiderlaufen, unsere Gesellschaft müsse immer offen und freundlich sein?«

»Ich geh' schon«, sagte Peach. »Ich weiß, wenn ich nicht erwünscht bin.«

»Ich kann mir vorstellen«, sagte der Senator, »Sie hatten oft genug Gelegenheit, das zu erfahren.«

Peach, der aus der Tür schlurfte, drehte sich bei dieser Beleidigung um und war selbst überrascht, daß er begriffen hatte, beleidigt worden zu sein. »Als ein Mann, der von den Stimmen der kleinen Leute abhängig ist, Herr Senator, erlauben Sie sich häßliche Dinge.«

»Als ein Trunkenbold, Mr. Peach, werden Sie bestimmt wissen, daß man Leute wie Sie gar nicht erst in die Wahllokale hineinläßt.«

»Ich hab' gewählt.« Dies war eine offensichtliche Lüge.

»Wenn Sie das haben, haben Sie wahrscheinlich für mich gestimmt. Das tun die meisten, obgleich ich ihnen nie in meinem Leben geschmeichelt habe, nicht einmal in Kriegszeiten. Und wissen Sie auch, warum man für mich stimmt? In jedem Amerikaner, egal wie degeneriert er ist, steckt ein kratzbürstiger Alter wie ich, der Schwindler und Weichlinge sogar noch mehr verabscheut als ich.«

»Herrje, Papa – dich hab' ich bestimmt als letzten erwartet! Was für eine angenehme Überraschung! Du siehst prächtig aus.«

»Ich fühle mich verdammt elend. Und ich habe auch verdammt elende Nachrichten für dich. Ich hab' mir gedacht, ich bring' sie dir lieber selber.«

Eliot runzelte ein wenig die Stirn. »Wann hast du denn zum letztenmal Stuhlgang gehabt?«

»Das geht dich nichts an!«

»Entschuldige.«

»Ich bin nicht gekommen, um mir von dir ein Abführmittel zu holen. Der Abwehrdienst weiß sicherlich, daß ich keinen Stuhlgang gehabt habe, seitdem die Notstandsgesetze für verfassungswidrig erklärt worden sind – aber darum bin ich auch nicht hier.«

»Du hast aber gesagt, alles sei so elend.«

»Ich?«

»Wenn jemand hier hereinkommt und das sagt, ist es gewöhnlich in neun von zehn Fällen eine Verdauungsstörung.«

»Ich werde dir sagen, um was es sich handelt, mein Junge, und dann wollen wir mal sehen, ob du dich mit einem Abführmittel trösten kannst. Ein junger Rechtsanwalt, der für McAllister, Robjent, Reed und McGee gearbeitet und Zugang zu allen vertraulichen Informationen über dich gehabt hat, ist gegangen. Er arbeitet jetzt für die Rhode-Island-Rosewaters. Sie werden dich vor Gericht zitieren. Sie werden beweisen, daß du verrückt bist.«

Eliots Weckeruhr läutete. Er nahm den Wecker, trat an den roten Knopf an der Wand und beobachtete den Sekundenzeiger intensiv und zählte mit. Dann zielte er mit dem stumpfen Mittelfinger der linken Hand auf den Knopf, drückte plötzlich darauf und löste somit den lautesten Feueralarm der westlichen Halbkugel aus.

Der fürchterliche Lärm der Sirene warf den Senator an die Wand und ließ ihn sich die Ohren mit den Händen zuhalten. Ein Hund in New Ambrosia, sieben Meilen weit weg, lief im Kreis und biß sich in den Schwanz. Ein Fremder im Café verschüttete seine Tasse Kaffee über sich und den Besitzer. In Bellas Schönheitssalon im Erd-

geschoß des Gerichtshauses hatte die zweihundertdreiundachtzig Pfund schwere Bella einen leichten Herzanfall.
Und geistreiche Leute im ganzen Landkreis erzählten
einen alten und dazu unwahren Witz über den Feuerwehrhauptmann Charley Warmergran, der neben der
Feuerwehr seine Versicherungsagentur hatte: »Das muß
Charley Warmergran wenigstens halb aus seiner Sekretärin herausgetrieben haben.«

Eliot ließ den Knopf los. Die große Alarmsirene ver-
schlang ihre eigene Stimme und versickerte in gutturalen
Lauten.

Nirgends brannte es. Es war eben nur Mittagsstunde
in Rosewater.

»Was für ein Krach!« klagte der Senator und richtete
sich langsam auf. »Ich hab' mein Gedächtnis verloren.«

»Das wäre nicht schlecht.«

»Hast du noch gehört, was ich über die Rhode-Islan-
der gesagt habe?«

»Jawohl.«

»Und wie denkst du darüber?«

»Traurig und erschreckt bin ich.« Eliot seufzte, versuchte ein sehnsüchtiges Lächeln und gab es auf. »Ich
hatte gehofft, so etwas brauchte nie bewiesen zu werden,
so etwas spiele keine Rolle – ob ich normal bin oder
nicht.«

»Du hast selber Zweifel, ob du normal bist?«

»Gewiß.«

»Und wie lange hast du das schon?«

Eliots Augen öffneten sich weit, als er eine ehrliche
Antwort suchte. »Seit ich etwa zehn bin.«

»Ich bin überzeugt, du machst Witze.«

»Das beruhigt mich.«

»Du warst damals ein tüchtiger, normaler kleiner Junge.«

»So?« Eliot war ehrlich begeistert von dem kleinen Jungen, der er einmal gewesen war, und dachte lieber über ihn als über die Gefahren nach, die ihn umlauerten.

»Es tut mir leid, daß wir dich hierhergebracht haben.«

»Es hat mir immer hier gefallen und auch heute noch«, gestand Eliot dramatisch.

Der Senator rückte die Füße etwas auseinander, um bei dem Schlag, den er jetzt führen wollte, fester dazustehen. »Das kann sein, Junge, doch jetzt ist es Zeit, fortzugehen – und nie zurückzukommen.«

»Nie?« sagte Eliot überrascht.

»Dieser Teil deines Lebens geht zu Ende. Das mußte er auch einmal. Und das verdanke ich dem Geschmeiß aus Rhode Island: sie zwingen dich, hier wegzuziehen, und zwar sofort.«

»Wie können sie denn das erreichen?«

»Und wie willst du denn beweisen, daß du normal bist, wenn du in dieser Kulisse haust?«

Eliot sah sich um und fand nichts Besonderes. »Das hier – das hier soll irgendwie merkwürdig aussehen?«

»Du weißt verteufelt gut, wie merkwürdig es hier aussieht.«

Eliot schüttelte langsam den Kopf. »Es würde dich überraschen, wie wenig ich weiß, Papa.«

»So etwas wie hier gibt es sonst nirgends auf der Welt. Wenn das ein Bühnenbild wäre und der Vorhang ginge hoch und niemand stünde auf der Bühne, wäre das Publikum bestimmt gespannt, welcher unglaubliche Idiot hier wohnte.«

»Und was wäre, wenn dieser Idiot dann auftritt und vernünftige Erklärungen dafür abgibt, warum alles so ist, wie es ist?«

»Er wäre immer noch ein Idiot.«

Eliot akzeptierte dies, oder wenigstens schien es so. Er stritt sich nicht mit seinem Vater, sondern wusch sich und zog sich für seine Fahrt an. Er wühlte in den Schreibtischfächern und fand eine Papiertüte, die alles enthielt, was er am Vortage gekauft hatte, ein Stück Seife, eine Flasche mit einer Lösung für den Spaltpilz zwischen den Zehen, eine Flasche Shampoo für die Schinnen, eine Flasche Deodorant und eine Tube Zahnpasta.

»Ich freue mich, mein Junge, daß du wieder auf dein Aussehen achtest.«

»Hm?« Eliot las die Aufschrift auf dem Deodorant, das er nie zuvor benutzt hatte. Er hatte niemals zuvor irgendwelche Antischweißmittel benutzt.

»Reiß dich zusammen, hör auf zu trinken, zieh hier aus, eröffne ein anständiges Büro in Indianapolis oder Chicago oder New York, und wenn der Tag des Prozesses gekommen ist, bist du so normal wie jeder andere.«

»Tcha.« Eliot fragte seinen Vater, ob *er* jemals zuvor Deodorant gebraucht habe.

Der Senator war beleidigt. »Ich brause mich jeden Morgen und jeden Abend, und ich nehme an, das beugt gegen alle unangenehmen Gerüche vor.«

»Hier steht, man könne beim Gebrauch eventuell einen Hautausschlag kriegen, und dann solle man es nicht mehr anwenden.«

»Wenn das Zeug dich beunruhigt, laß es. Seife und Wasser tun auch das Ihre.«

»Hm.«

»Das ist eins unsrer Probleme«, sagte der Senator. »Die Werbeleute der Madison Avenue haben uns über unsere Schweißabsonderungen mehr besorgt gemacht als über Rußland, China und Kuba zusammengenommen.«

Die Unterhaltung, so gefährlich sie an sich zwischen zwei so empfindlichen Menschen war, trieb momentan auf eine kleine Insel des Friedens ab. Die beiden waren jetzt einer Meinung und brauchten sich um nichts zu ängstigen.

»Weißt du«, sagte Eliot, »Kilgore Trout hat einmal ein ganzes Buch über ein Land geschrieben, das sich nur noch mit dem Kampf gegen Schweißabsonderungen abgab. Das war der nationale Lebenszweck. Krankheiten gab es nicht und auch keine Verbrechen und keinen Krieg, also beschäftigte man sich mit Schweißabsonderungen.«

»Wenn du vor Gericht stehst«, sagte der Senator, »wäre es gut, nicht deine Begeisterung für Trout zu erwähnen. Deine Vorliebe für solche Kindergeschichten könnte bei vielen Leuten den Eindruck hinterlassen, du seiest unreif.«

Die Unterhaltung hatte die Insel des Friedens wieder verlassen. Eliots Stimme war scharf, als er darauf bestand, den Inhalt des Buches von Trout nachzuerzählen; der Titel war »O sag, kannst du riechen« und stellte eine Abwandlung der amerikanischen Nationalhymne dar.

»Im Lande«, erzählte Eliot, »gab es riesige Forschungsprogramme, die sich alle mit dem Kampf gegen Schweißabsonderungen beschäftigten. Sie wurden finanziert durch Spenden, die von Müttern an Sonntagen an den Haustüren erbeten wurden. Der Endzweck jedes Forschungsprogrammes war, ein spezifisches chemisches Mittel gegen jede Art von Schweißabsonderung zu entdecken. Doch dann machte der Held der Geschichte, der auch der Diktator des Landes war, eine wunderbare wissenschaftliche Entdeckung, obgleich er selber gar kein Wissenschaftler war, und die Forschungsprogramme wurden nicht mehr gebraucht. Mit seiner eigenen Entdeckung faßte er das Übel bei der Wurzel.«

»Hm«, sagte der Senator, der Romane von Kilgore Trout nicht mochte und sich für seinen Sohn schämte. »Er fand ein Mittel, das alle Schweißabsonderungen beseitigte?« fragte er, um die Geschichte zu beenden.

»Nein. Wie gesagt, der Held war ein Diktator, und er hat einfach die Nasen abgeschafft.«

Eliot nahm jetzt in dem erschreckend kleinen Badezimmer ein Bad, und er fror und hustete und bellte, wie er sich mit Papierhandtüchern bearbeitete.

Sein Vater konnte das nicht mit ansehen und rannte statt dessen im Büro herum. An der Tür gab es kein Schloß, und Eliot hatte auf seines Vaters Drängen hin einen kleinen Büroschrank davorgeschoben. »Wenn nun jemand hereinkommt und dich im Bad splitterfasernackt sieht?« hatte der Senator gesagt, worauf Eliot erwiderte: »Für die Menschen in unserer Gegend, Papa, stelle ich kein besonderes Geschlecht dar.«

Also beschaute sich der Senator die Beweisstücke dieser unnatürlichen Geschlechtslosigkeit und Verrücktheit, und traurig öffnete er das oberste Fach des Büroschranks, in dem sich drei Büchsen Bier, ein 1948er Führerschein aus dem Staate New York und ein unverschlossenes Kuvert befanden; das Kuvert war an Sylvia in Paris adressiert und enthielt ein Liebesgedicht an Sylvia, das Eliot vor zwei Tagen verfaßt hatte.

Der Senator ließ seinen Anstand einmal beiseite und las das Gedicht, weil er hoffte, darin Dinge zu finden, die das Verhalten seines Sohns verteidigen könnten. Aber als er mit dem Lesen fertig war, schämte er sich doch.

»In meinen Träumen, wie du weißt, bin ich Maler,
oder vielleicht weißt du es auch nicht. Und Bildhauer.
Lange hab' ich dich nicht gesehn.
Und wer mich tritt,
setzt das Material in meinen Händen in Bewegung.
Und manches, was ich dir antun könnte,
würde dich überraschen.
Zum Beispiel, wenn ich bei dir wäre, wenn du dies liest,
und du legtest dich hin,
würde ich dich vielleicht bitten, deinen Bauch frei zu machen,
damit ich mit meinem linken Daumennagel
eine gerade Linie fünf Zoll lang ziehen könnte
über deinem Schamhaar.
Und dann würde ich den Zeigefinger
meiner rechten Hand
gerade über den Rand der rechten Seite
deines berühmten Nabels legen
und ihn da liegen lassen, bewegungslos, für etwa eine halbe Stunde.
Verrückt?
Sicher.«

Der Senator fühlte einen Schock. Es war die Erwähnung des Schamhaars, die ihn aufgebracht hatte. In seinem Leben hatte er sehr wenige nackte Körper gesehen, vielleicht fünf oder sechs, und Schamhaar stellte für ihn das dar, was man nicht erwähnen und woran man nicht denken durfte.

Jetzt trat Eliot aus dem Bad, nackt und haarig, und trocknete sich mit einem Küchenhandtuch ab. Das Küchenhandtuch war neu und trug noch das Preisschildchen. Der Senator erstarrte und fühlte sich von allen Seiten so durch Schmutz und Obszönitäten angegriffen, daß er davon überwältigt wurde.

Eliot bemerkte nichts. Er trocknete sich weiterhin ab und warf dann das neue Küchenhandtuch in den Papierkorb. Das schwarze Telefon läutete.

»Hier ist die Rosewater-Stiftung. Wie können wir Ihnen helfen?«

»Mr. Rosewater«, sagte eine Frau, »im Radio hat man was über Sie gesagt.«

»So?« Eliot begann jetzt unwillkürlich, mit seinem Schamhaar zu spielen. Es war dies nichts Besonderes; er zog nur eine Locke in die Länge und ließ sie dann wieder aufrollen.

»Man hat angesagt, man würde versuchen zu beweisen, daß Sie verrückt sind.«

»Mach dir keine Sorgen, Kind!«

»Ach, Mr. Rosewater, wenn Sie fortgehen und nicht mehr zurückkommen, müssen wir alle sterben.«

»Ich geb' dir mein Ehrenwort, ich komme zurück. Ja?«

»Vielleicht läßt man es nicht zu, daß Sie zurückkommen.«

»Glaubst du, ich bin verrückt?«

»Ich weiß nicht, wie ich mich ausdrücken soll.«

»Wie du willst.«

»Ich kann mir nicht helfen, aber ich fürchte, die Leute *meinen*, Sie sind verrückt, weil Sie Leuten wie uns so viel Aufmerksamkeit schenken.«

»Hast du andere Leute gesprochen, die es sonst noch gibt, denen man Aufmerksamkeit schenken muß?«

»Ich hab' den Landkreis Rosewater nie verlassen.«

»Es lohnt sich, Kind. Wenn ich zurückkomme, soll ich dir dann eine Fahrkarte nach New York schenken?«

»Ach Gott! Aber Sie kommen doch nie wieder zurück!«

»Ich hab' dir mein Ehrenwort gegeben.«

»Ich weiß, ich weiß, aber wir haben so ein Gefühl, es liegt so etwas in der Luft. Sie kommen nicht wieder.«

Eliot hatte jetzt ein Haar gefunden, das ein Wunderwerk war. Er zog es immer weiter gerade, bis es sich zeigte, daß es dreißig Zentimeter lang war. Er sah es sich genau an und blickte dann zu seinem Vater hinüber, stolz darauf, so etwas zu haben.

Der Senator lief blau an.

»Wir versuchen, alle möglichen Abschiedsszenen zu planen, Mr. Rosewater«, fuhr die Frau fort. »Umzüge und Plakate und Fahnen und Blumen. Aber Sie werden keinen einzigen von uns sehen. Wir haben alle zu große Angst.«

»Wovor denn?«

»Ich weiß auch nicht.« Sie hängte ein.

Eliot zog die neuen Socken an. Sobald er sie anhatte, sagte sein Vater grimmig: »Eliot...«

»Papa?« Eliot fuhr genüßlich mit den Daumen unter der elastischen Bauchbinde hin. »Diese Dinger geben einem gute Stütze. Ich hatte ganz vergessen, wie angenehm es ist, eine Stütze zu haben.«

Der Senator verlor seine Geduld. »Warum verabscheust du mich derart?« schrie er.

Eliot war fassungslos. »Dich verabscheuen? Papa – ich verabscheue dich nicht, ich verabscheue niemand.«

»Jede Bewegung und jedes Wort zielt darauf ab, mich so sehr zu verletzen, wie du nur kannst.«

»Nein!«

»Ich habe nicht die geringste Idee, was ich dir getan haben könnte, daß du mich jetzt so behandelst – aber mal mußt du auch genug davon haben.«

Eliot war hilflos. »Papa – bitte . . .«

»Weg! Du verletzt mich nur noch mehr, und ich kann nicht noch mehr Schmerzen aushalten.«

»Um der Liebe Gottes willen . . .«

»Liebe!« gab der Senator bitter zurück. »Du hast mich ganz bestimmt geliebt, was? Hast mich so geliebt, daß du mir dabei jede Hoffnung oder jedes Ideal, das ich je hatte, zerstört hast. Und hast ganz bestimmt auch Sylvia geliebt, was?«

Eliot hielt sich die Ohren zu.

Der alte Mann tobte weiter und versprühte dabei seinen Speichel. Eliot konnte ihn nicht hören, doch las dem Alten die schreckliche Geschichte von den Lippen ab, wie er – Eliot – Leben und Gesundheit einer Frau, die nur einen Fehler hatte, ihn – Eliot – zu lieben, ruiniert hatte.

Dann stürmte der Senator aus dem Büro und war weg.

Eliot nahm die Hände von den Ohren und zog sich fertig an, als wäre nichts Besonderes passiert. Er setzte sich hin, um sich die Schuhe zuzubinden. Als dies geschehen war, richtete er sich auf. Und er wurde so steif und starr wie ein Leichnam.

Das schwarze Telefon läutete. Er nahm den Hörer nicht mehr ab.

Dreizehntes Kapitel

In Eliot gab es trotz der Verkrampfung noch immer ein Organ, das heimlich die Uhr beobachtete. Und zehn Minuten vor Eintreffen des Busses an der Haltestelle löste sich Eliots Verkrampfung, er spitzte die Lippen, wischte einen Fussel vom Anzug und verließ das Büro. An den Streit mit seinem Vater erinnerte er sich auf der Oberfläche seines Gedächtnisses nicht mehr; sein Schritt war flott und glich dem eines Spaziergängers aus einem Chaplin-Film.

Er bückte sich und streichelte die Köpfe der Hunde, die ihn auf der Straße begrüßten. Seine neuen Kleidungsstücke waren ihm dabei im Wege, beengten ihn in der Leistengegend und unter den Armen, knisterten, als wären sie mit Zeitungspapier gefüttert, und erinnerten ihn daran, wie nett angezogen er eigentlich doch war.

Aus der Imbißstube hörte man Gesprächsfetzen. Eliot lauschte, ohne sich zu zeigen. Die Stimmen erkannte er nicht mehr, obgleich sie die einiger seiner Freunde waren. Drei Männer sprachen sehnsüchtig von Geld, das sie nicht besaßen. Zwischendurch gab es viele Pausen, denn Gedanken kamen ihnen fast so selten wie Geld.

»Na«, sagte einer schließlich, »es ist keine Schande, arm zu sein.« Dieser Satz war die erste Hälfte eines hübschen alten Witzes von dem Humoristen der Stadt, Kin Hubbard.

»Nein«, sagte ein anderer und brachte den Witz zu Ende, »aber es wäre möglich, daß es eine ist.«

Eliot überquerte die Straße und betrat das Versicherungsbüro des Feuerwehrhauptmanns Charley Warmergran. Charley gehörte nicht zu den bemitleidenswerten Menschen des Landkreises und hatte sich auch nie bei der Rosewater-Stiftung um irgendwelche Unterstützung beworben. Er gehörte zu den etwa sieben Personen im Landkreis, die unter dem System der freien Marktwirtschaft tatsächlich ganz gut gefahren waren. Bella aus Bellas Schönheitssalon war eine weitere Person. Beide hatten mit nichts begonnen, beide Kinder von Schaffnern der Nickel-Plate-Eisenbahn. Charley war zehn Jahre jünger als Eliot, ein Meter dreiundneunzig groß, hatte breite Schultern, keine Hüften und keinen Bauch. Neben seinem Amt als Feuerwehrhauptmann war er auch Gendarm und Inspektor des Maß- und Gewichtsamtes. Zusammen mit Bella besaß er »La Boutique de Paris«, einen hübschen kleinen Kurzwarenladen in dem neuen Einkaufszentrum für die wohlhabenden Leute in New Ambrosia. Wie alle wirklichen Helden hatte auch Charley seine Achillesferse. Er weigerte sich, einzugestehen, daß er Gonorrhoe hatte; doch die Wahrheit war, er hatte sie.

Charleys berühmte Sekretärin war gerade unterwegs, und die einzige andere Person im Büro, als Eliot eintrat, war Noyes Finnerty, der den Boden fegte. Noyes war einmal die Stütze der unsterblichen Basketballmannschaft der Noah-Rosewater-Oberschule gewesen, die 1933 ungeschlagen blieb. 1934 erwürgte Noyes seine sechzehnjährige Frau wegen dauernder Untreue und erhielt dafür lebenslängliches Zuchthaus. Jetzt war er aber begnadigt worden, was er Eliot verdankte, und einundfünfzig Jahre alt. Freunde und Verwandte hatte er nicht. Eliot hatte über seinen Zuchthausaufenthalt nur durch einen Zufall erfahren, als er alte Exemplare der Landkreis-Zeitung »Ruf der Posaune« durchgegangen war, und hatte alles darangesetzt, ihn freizubekommen.

Noyes war ein ruhiger, zynischer, leicht beleidigter Mann. Er hatte sich bei Eliot niemals bedankt, doch dieser war weder verletzt noch überrascht. An Undankbarkeit war er gewöhnt. Eins seiner Lieblingsbücher von Kilgore Trout beschäftigte sich ausschließlich mit Undankbarkeit. Es hieß »Das Amtsgericht für Dankbarkeit«; zu diesem

Amtsgericht konnte man Leute bringen, wenn man der Meinung war, daß diese nicht genügend Dankbarkeit gezeigt hatten. Wenn der Angeklagte schuldig gesprochen wurde, ließ ihm das Gericht die Wahl zwischen einer öffentlichen Dankbarkeitserweisung und einem Monat Einzelhaft bei Brot und Wasser. Nach Trout wählten achtzig Prozent der Verurteilten das schwarze Loch.

Noyes begriff sehr viel schneller als Charley, daß Eliot weit davon entfernt war, sich wohl zu fühlen. Er hörte auf zu fegen und beobachtete Eliot genau. Charley, der sich an so viele schöne Brände erinnerte, bei denen er und Eliot sich so tapfer verhalten hatten, wurde erst mißtrauisch, als ihm Eliot dazu gratulierte, gerade einen Preis gewonnen zu haben, dessen Verteilung jedoch schon drei Jahre zurücklag.

»Eliot – machst du Spaß?«

»Wieso sollte ich Spaß machen? Ich finde, das ist eine große Ehre.« Sie sprachen über den Preis, der 1962 verliehen worden war, und zwar von dem Bund der Konservativen Jung-Republikanischen Geschäftsleute.

»Eliot«, sagte Charley zwinkernd, »das ist doch drei Jahre her.«

»So?«

Charley erhob sich. »Und du und ich, wir saßen oben in deinem Büro und entschlossen uns, die verdammte Plakette zurückzuschicken.«

»Haben wir das getan?«

»Wir haben uns die Geschichte dieses Preises angesehen und wußten, das war der Todeskuß.«

»Woher sollten wir das wissen?«

»*Du* hast doch die ganze Geschichte ausgegraben, Eliot.«

Eliot runzelte ein wenig die Stirn. »Das hab' ich vergessen.« Das kleine Stirnrunzeln war nur eine Formalität; denn das Vergessen beunruhigte ihn nicht.

»Neunzehnhundertfünfundvierzig hatte man angefangen, den Preis zu verleihen. Sechzehnmal ist er verliehen worden, ehe ich ihn bekam. Erinnerst du dich jetzt?«

»Nein.«

»Von den sechzehn Gewinnern des Preises waren sechs wegen Betrugs oder Steuerhinterziehung hinter Gittern, vier waren wegen verschiedener Delikte angeklagt, zwei hatten ihre Wehrdienstpapiere gefälscht, und einer wurde tatsächlich hingerichtet.«

»Eliot«, sagte Charley mit steigender Angst, »hast du gehört, was ich eben gesagt habe?«

»Jawohl«, sagte Eliot.

»Was habe ich gerade gesagt?«

»Hab' vergessen.«

»Du hast gerade gesagt, du hast gehört, was ich gesagt habe.«

Noyes Finnerty begann zu reden. »Er hört nur noch das große Ticken.« Er näherte sich Eliot, um ihn näher zu betrachten. Es war kein Mitleid in seinen Augen, nur kalte Diagnose. Eliots Reaktion war dementsprechend: er verhielt sich so, als leuchtete ihm ein netter Arzt in die Augen und suchte etwas darin. »Er hat das Ticken gehört. Mensch, der hat das Ticken gehört...!«

»Was, zum Teufel, redest du da?« fragte Charley.

»Das lernt man im Gefängnis.«

»Wir sind hier nicht im Gefängnis.«

»Aber das passiert auch nicht nur im Gefängnis. Doch im Gefängnis lernt man, mehr und mehr auf solche Sachen zu achten. Da ist man lange genug, da wird man

blind und ganz Ohr. Man wartet und hört auf das Tik-
ken. Ihr beide – ihr meint, ihr steht euch nahe? Wenn
das so wär' und wenn ihr euch kennt – da hätte der eine
das Ticken eine Meile weit weg hören müssen. Man
kennt da jemand, und tief in dem drin, da nagt was an
ihm, und vielleicht kriegt man nie 'raus, was, aber das
macht eben aus ihm, was er ist – er sieht aus, wie wenn
er ein Geheimnis mit sich 'rumträgt. Und man sagt ihm,
sei man immer schön ruhig, immer schön ruhig... Oder
man fragt ihn, wieso er immer dieselben dummen Dinger dreht, wo er genau weiß, sie werden ihm Schwierig-
keiten machen... Eins aber weiß man, es hat eigentlich
gar keinen Zweck, mit ihm darüber zu reden, weil das
Ding, was da an ihm nagt, ihn in der Gewalt hat. Es
befiehlt ihm: Mach los, und er zieht los. Es befiehlt ihm:
Stiehl, und er stiehlt. Es befiehlt ihm: Schrei mal, und er
schreit. Nur wenn er jung stirbt oder wenn alles nach seinem Willen läuft und nichts Wichtiges schiefgeht, dann
läuft das Ding da drin in ihm ab wie ein aufgezogenes
Spielzeug. In der Gefängniswäscherei, da steht man neben einem solchen Typ. Zwanzig Jahre kennt man ihn
schon. Man arbeitet so vor sich hin, und plötzlich hört
man das Ticken. Man dreht sich nach ihm um. Er hat aufgehört zu arbeiten. Er ist ganz ruhig. Ein wenig be-
kloppt sieht er aus – oder sogar sehr sanftmütig. Man
sieht ihm in die Augen, und das Geheimnis ist weg. Er
weiß nicht mal mehr seinen eigenen Namen. Er arbeitet
weiter, aber ist nie wieder derselbe. Das Ding, das da so
an ihm genagt hat, klickt nie wieder. Es ist tot, tot ist es.
Und der Teil seines Lebens, wo er verrückt war, der ist
weg.«

Noyes, der ohne jede Leidenschaft zu sprechen begonnen hatte, stand jetzt aufrecht da und schwitzte. Seine

Hände waren kalkweiß, und er umklammerte den Besen mit einem Todesgriff. Und während die Geschichte, die er erzählt hatte, darauf hinzuweisen schien, daß er sich beruhigen wollte – wie sich der Mann neben ihm in der Gefängniswäscherei beruhigt hatte –, war es ihm doch unmöglich, sich selbst zu beruhigen. Die Drehbewegungen am Besen wurden obszön, und die Leidenschaft ließ ihn unartikuliert sprechen. »Weg! Weg!« schrie er. Es war der Besenstiel, der ihn in Wut brachte. Er versuchte, ihn überm Knie zu zerbrechen, und fauchte Charley, den Eigentümer des Besens, böse an. »Der Hundesohn zerbricht nicht! Er zerbricht nicht!«

Und zu Eliot sagte er: »Du Bastard, du!« Noch immer versuchte er, den Besenstiel zu zerbrechen. »Du hast Glück gehabt!« Er deckte Eliot mit Obszönitäten ein.

Dann warf er den Besen beiseite. »Die verdammte Hurenmutter will nicht brechen!« schrie er, und er stürmte hinaus.

Eliot war ungerührt. Sanft fragte er Charley, was der Mann denn gegen Besen habe, und es wäre wohl besser, wenn er jetzt gehe, um noch den Bus zu kriegen.

»Fühlst du dich wohl, Eliot?«

»Großartig.«

»Bestimmt?«

»Ich hab' mich in meinem ganzen Leben niemals besser gefühlt. Ich fühle mich, als ob – als ob . . .«

»Na?«

»Als ob ein wunderbarer neuer Abschnitt in meinem Leben kurz vor dem Anfang steht.«

»Das muß schön sein.«

»Ist es auch! Ja, ist es auch!«

Und das war weiterhin Eliots Stimmung, als er zur Bushaltestelle schlenderte. Die Straße schien ungewöhnlich ruhig, als fürchte man eine Schießerei, doch Eliot bemerkte diese Ruhe nicht. Die Stadt war überzeugt, er verließe sie für immer. Jene, die am stärksten von Eliot abhängig waren, hatten das Ticken gehört – so deutlich wie einen Kanonenschuß. Es hatte viel nervöses, einfältiges Planen eines angemessenen Abschieds gegeben: einen Umzug der Feuerwehr, eine Demonstration mit Plakaten, auf denen Dinge stehen sollten, die einfach gesagt werden *mußten*, einen triumphalen Wasserbogen aus den Wasserschläuchen. Alle Pläne waren zunichte geworden. Es gab keinen Menschen, der so etwas organisieren oder anführen konnte. Die meisten waren durch die Aussicht, Eliot würde die Stadt verlassen, derart verstört, daß sie nicht einmal die Energie aufbrachten oder den Mut, hinter einer großen Menschenmasse zu stehen und schwächlich auf Wiedersehen zu winken. Sie wußten alle, welche Straße Eliot benutzen würde. Und von dieser Straße flohen sie alle fort.

Eliot verließ den im blendenden Nachmittagslicht liegenden Bürgersteig, trat in den feuchten Schatten des Parthenon und schlenderte am Kanal entlang, an dem ein pensionierter Sägenmacher im Alter etwa des Senators mit einer Bambusstange angelte. Der Mann saß auf einem Feldstuhl. Ein Kofferradio stand auf dem Pflaster zwischen seinen hohen Schuhen. Das Radio spielte »Ol' Man River«: »Neger alle schuften, wenn der weiße Mann nur spielt.«

Der alte Mann war weder ein Alkoholiker noch ein Perverser oder so etwas. Er war einfach alt und dazu Witwer und innerlich voll von Krebs, und sein Sohn im Strategischen Bomberkommando schrieb ihm nie, und seine ganze Person war eben nicht viel. Schnaps verschaffte ihm Übelkeit. Die Rosewater-Stiftung hatte ihm Geld für Morphium zugestanden, das ihm der Arzt verschrieben hatte.

Eliot grüßte ihn, konnte sich aber weder an seinen Namen noch an seine Probleme erinnern. Er atmete tief die Luft ein; es war sowieso ein zu schöner Tag, um an traurige Fälle zu denken.

Am Ende des Parthenon, der hundertfünfzig Meter lang war, hatte sich ein Verkaufsstand etabliert, an dem man Schnürsenkel, Rasierklingen, Limonaden und den »Amerikanischen Spiegel« kaufen konnte. Der Stand gehörte einem Mann namens Lincoln Ewald, der während des zweiten Weltkriegs ein begeisterter Nazi gewesen war. In jenem Krieg hatte Ewald einen Kurzwellensender konstruiert, über den er den Deutschen mitteilte, was die Rosewater-Sägenfabrik jeden Tag herstellte: nämlich Messer für die Fallschirmspringer und Panzerplatten. Seine erste Sendung – um die ihn die Deutschen gar nicht gebeten hatten – lief auf den Hinweis hinaus, daß bei einem Bombardement von Rosewater die gesamte amerikanische Wirtschaft zusammenbrechen und aufhören würde zu funktionieren. Für seine Nachrichten wollte er kein Geld. Geld verachtete er und behauptete, Geld sei der Grund, weswegen er Amerika verachte: Geld sei hier Trumpf. Was er wollte, war ein Eisernes Kreuz, und man sollte es ihm in einem einfachen Umschlag zuschicken.

Seine Sendung wurde laut und deutlich auf Empfangsgeräten von zwei Wildhütern im Truthahn-Bach-Nationalpark empfangen, vierzig Meilen weit entfernt. Die Wildhüter gaben die Information an den FBI weiter, der Ewald in der Wohnung, wohin das Eiserne Kreuz geschickt werden sollte, verhaftete. Man steckte ihn in eine Nervenheilanstalt, bis der Krieg vorüber war.

Die Stiftung hatte sehr wenig für ihn getan, außer seinen politischen Anschauungen zuzuhören, was sonst niemand tat. Das einzige, was ihm Eliot je gekauft hatte, war ein billiger Grammophonapparat und Schallplatten mit Deutsch-Lektionen. Ewald wollte so gern Deutsch lernen, doch dazu war er immer viel zu aufgeregt und böse.

Eliot konnte sich auch an den Namen von Ewald nicht erinnern und wäre fast an diesem vorübergegangen, ohne ihn zu bemerken. Seine finstere kleine Bude wie für Aussätzige mitten in den Ruinen einer großen Zivilisation war leicht zu übersehen.

»Heil Hitler«, sagte Ewald mit rauher Stimme.

Eliot blieb stehen und sah freundlich die Stelle an, von der der Gruß gekommen war. Ewalds Bude war von Exemplaren des »Amerikanischen Spiegel« verdeckt; diese Exemplare schienen überall Punkte zu haben; diese Punkte waren der Nabel von Randy Herald, dem Mädchen auf dem Titelblatt: und immer wieder suchte sie nach einem Mann, der ihr ein Baby machen würde, das echt war.

»Heil Hitler«, sagte Ewald noch einmal. Er schaute nicht hinter den Exemplaren des »Amerikanischen Spiegel« hervor.

»Und auch dir ein Heil Hitler«, sagte Eliot lächelnd, »und auf Wiedersehn.«

Die barbarische Sonnenglut schlug auf Eliot nieder, als er vom Parthenon wegschritt. Seine Augen, die einen Augenblick lang geblendet waren, schauten auf zwei Müßiggänger vor dem Gerichtsgebäude wie auf zwei verkohlte Männchen aus Holz, von Dampf eingehüllt. Er hörte, wie Bella unten in ihrem Schönheitssalon eine Frau dafür ausschalt, ihre Fingernägel nicht richtig zu pflegen.

Eine Zeitlang begegnete Eliot niemandem mehr, doch er bemerkte einen Menschen, der ihm heimlich von einem Fenster aus zusah. Er zwinkerte und winkte ihm zu, wer es auch sein mochte. Als er die Noah-Rosewater-Oberschule erreichte, die jetzt im Sommer geschlossen war, hielt er vor dem Fahnenmast an und gab sich einer seichten Melancholie hin. Er lauschte den traurigen Lauten, die die Metallhaken an dem hohlen Eisenmast machten.

Er wollte etwas über diese Laute sagen und wünschte sich, jemand würde ihm zuhören. Doch es war niemand da außer einem Hund, der ihm gefolgt war, also redete er den Hund an. »Das sind amerikanische Laute, hörst du? Die Schule ist aus und die Fahne heruntergeholt. Solche traurigen amerikanischen Laute. Du solltest sie hören, wenn die Sonne untergegangen ist und sich ein leichter Abendwind erhebt, und überall in der Welt ist die Zeit des Abendmahls gekommen.«

Er hatte einen Kloß in der Kehle. Es war ihm wohl dabei.

Als Eliot die Tankstelle passierte, kroch ein junger Mann zwischen zwei Stoßstangen hervor. Er hieß Roland Barry. Barry hatte zehn Minuten nach seiner Vereidigung in der Armee im Fort Benjamin Harrison einen Nervenzusammenbruch erlitten. Dafür erhielt er eine hundertprozentige Invalidenrente. Der Nervenzusammenbruch war erfolgt, als ihm befohlen worden war, sich mit einhundert anderen Männern zu duschen. Die Rente war kein Witz. Roland konnte sich nicht anders verständigen als durch Flüstern. Viele Stunden am Tag verbrachte er zwischen den Benzinpumpen und gab Fremden gegenüber vor, dort etwas zu tun zu haben. »Mr. Rosewater?« flüsterte er.

Eliot lächelte und streckte die Hand aus. »Sie müssen mir verzeihen – ich habe Ihren Namen vergessen.«

Rolands Selbstachtung war derart gering, daß er nicht überrascht war, von einem Mann vergessen worden zu sein, den er immerhin einmal am Tag – wenigstens – im vergangenen Jahr besucht hatte. »Ich wollt' Ihnen bloß dafür danken, daß Sie mein Leben gerettet haben.«

»Wie bitte?«

»Mein Leben gerettet, Mr. Rosewater – Sie haben es gerettet, wenn es auch nicht viel wert ist.«

»Sie übertreiben wohl!«

»Sie sind der einzige, der nicht meinte, daß mein Zusammenbruch komisch war. Vielleicht meinen Sie auch, ein Gedicht sei ebenfalls nicht komisch.« Er drückte Eliot ein Stück Papier in die Hand. »Ich hab' geweint, als ich es schrieb. So ulkig schien es mir. So ulkig ist mir alles.« Dann rannte er weg.

Verwirrt las Eliot das Gedicht:

>»Seen und Klänge,
>Teiche und Glocken,
>Pfeifen und Brunnen,
>Harfen und Nocken;
>Flöten und Flüsse,
>Ströme, Posaunen,
>Quellen, Trompeten,
>Spiele und Raunen.
>Hört die Musik,
>und schöpft aus den Seen,

> wie wir armen Lämmer
> zur Schlachtebank gehen.
> Ich liebe Eliot.
> Leb wohl. Ich weine.
> Tränen und Geigen.
> Herzen und Blumen.
> Blumen und Tränen.
> Rosewater, der feine.«

Ohne weiteren Zwischenfall erreichte Eliot die Busstation. In der Wartehalle waren nur noch der Eigentümer der Halle und eine Kundin anwesend. Die Kundin war eine vierzehnjährige Nymphe, die von ihrem Stiefvater geschwängert worden war; der Stiefvater befand sich jetzt im Gefängnis. Die Stiftung zahlte ihre Arztrechnungen; die Stiftung hatte auch das Verbrechen des Stiefvaters der Polizei gemeldet und anschließend den besten Rechtsanwalt, der für gutes Geld zu bekommen war, für ihn genommen.

Die Nymphe hieß Tawny Wainwright. Als sie ihm ihre Sorgen gebeichtet hatte, hatte er sie gefragt, wie sie sich fühle. »Ja«, war die Antwort gewesen, »eigentlich geht's mir nicht schlecht. Eigentlich, finde ich, es ist ganz egal, wie man seine Karriere als Filmstar anfängt.«

Sie trank eine Coca Cola und las den »Amerikanischen Spiegel«. Flüchtig sah sie einmal zu Eliot hinüber. Das war das letzte Mal.

»Ein Fahrschein nach Indianapolis, bitte.«
   »Einfach oder hin und zurück?«
   Eliot zögerte nicht. »Einfach, bitte.«
   Tawnys Glas fiel beinahe um, sie erwischte es gerade noch.

»Einfach nach Indianapolis!« rief der Mann laut. »Bitte sehr!« Er drückte noch einen Stempel darauf, händigte Eliot den Fahrschein aus und wandte sich schnell ab. Auch er sah Eliot nicht noch einmal an.

Eliot, der sich keiner besonderen Gemütsbewegung bewußt war, ging zu den Regalen mit Zeitschriften und Büchern, um sich etwas für die Fahrt auszusuchen. Zuerst wollte er sich den »Amerikanischen Spiegel« kaufen, der einen Bericht über ein siebenjähriges Mädchen brachte, deren Kopf im Yellowstone-Park 1934 von einem Bären abgebissen worden war. Er legte das Blatt wieder hin und wählte sich statt dessen ein Paperback von Kilgore Trout aus. Es hieß »Drei-Tages-Paß für die Milchstraße«. Draußen ertönte das pompöse Bussignal.

Als Eliot den Bus bestieg, erschien Diana Moon Glampers. Sie schluchzte. Hinter sich her zog sie das weiße Telefon mitsamt dem ausgerissenen Kabel. »Mr. Rosewater!«

»Ja?«

Sie schmetterte das Telefon auf das Straßenpflaster neben der Bustür. »Ich brauch kein Telefon mehr. Ich kann jetzt keinen mehr anrufen. Keiner ruft mich jetzt mehr an.«

Er sprach ihr sein Mitleid aus, doch er erkannte sie nicht. »Es – es tut mir leid. Aber ich verstehe Sie nicht.«

»Was können Sie nicht? Ich bin es, Mr. Rosewater! Ich, Diana! Diana Moon Glampers!«

»Freue mich, Sie kennenzulernen.«

»Sie freuen sich . . . ?«

»Wirklich. Aber was ist mit dem Telefon?«

»Sie waren der einzige Grund, weswegen ich eins gebraucht habe.«

»Nun, bitte«, sagte er zweifelnd. »Sicherlich haben Sie noch viele andere Bekannte.«

»Ach, Mr. Rosewater!« Sie schluchzte und sackte gegen die Wand des Busses. »Sie sind mein einziger Freund!«

»Sie werden sicherlich noch andere haben«, tröstete Eliot sie.

»Mein Gott!« schrie sie auf.

»Vielleicht können Sie einer Kirche beitreten?«

»Sie sind meine Kirche! Sie sind mein ein und alles! Sie sind mein Staat, mein Mann, mein Freund!«

Diese Ansprüche versetzten Eliot in eine peinliche Lage. »Sehr nett von Ihnen, das zu sagen. Jedenfalls viel Glück. Ich muß jetzt leider weg.« Er winkte ihr zu. »Auf Wiedersehen!«

Eliot begann, das Buch »Drei-Tages-Paß für die Milchstraße« zu lesen. Draußen gab es noch weitere Aufregung, doch Eliot war überzeugt, er hätte nichts damit zu tun. Er wurde von dem Buch sofort gefesselt, und zwar so stark, daß er nicht einmal bemerkte, wie der Bus losfuhr. Die Geschichte, die er las, war äußerst spannend: sie handelte von einem Mann, der eine Raumfahrt-Expedition mitmachte. Der Name des Helden war Sergeant Raymond Boyle.

Die Expedition schien den absoluten und endgültigen Rand des Universums erreicht zu haben. Jenseits des Sonnensystems, in dem sie sich befanden, schien nichts mehr zu sein, und sie stellten Geräte auf, um auch die schwächsten Signale aufzufangen, die möglicherweise noch aus dem schwarzen Samtvorhang des Nichts kommen konnten.

Sergeant Boyle war ein Erdenbürger – der einzige Erdenbürger der Expedition. Er war sogar die einzige Kreatur aus der Milchstraße. Die anderen Mitglieder kamen von anderswoher. Die Expedition stellte nämlich ein gemeinsames Unternehmen von etwa zweihundert Milchstraßen-Systemen dar. Boyle war kein Techniker. Er lehrte Englisch. Die Sache war die, daß die Erde der einzige Fleck im ganzen bekannten Universum war, wo man Sprachen benutzte. Sprachen galten als einzigartige Erden-Erfindung. Alle anderen verständigten sich durch Telepathie; Erdenbürger konnten also überall hübsche Jobs als Sprachlehrer finden.

Der Grund, weswegen andere Kreaturen Sprachen benutzen wollten statt Telepathie, lag darin, daß sie merkten, mit Sprachen könne man sehr viel mehr anfangen. Sprachen machten sie aktiver. Telepathie, wenn also jeder mit jedem dauernd in geistigem Kontakt stand, rief eine Art von allgemeiner Gleichgültigkeit gegenüber *allen* Mitteilungen hervor. Aber Sprache mit ihren langsamen, begrenzten Bedeutungen ermöglichte es, jeweils über *eine* Sache nachzudenken.

Boyle wurde aus seinem Englisch-Unterricht gerufen und mußte sich sofort beim kommandierenden Offizier der Expedition melden. Er hatte keine Ahnung, was los war. Er betrat das Dienstzimmer des Offiziers und salutierte vor dem Alten. Doch dieser war eigentlich gar kein »Alter«, stammte vom Planeten Tralfamadore und hatte etwa die Größe einer irdischen Bierflasche. Er sah allerdings nicht wie eine Bierflasche aus, sondern wie der zu klein geratene Freund eines Rohrlegers.

Er war nicht allein. Bei ihm war der Kaplan der Expedition. Der Kaplan stammte von dem Planeten Glinko-X-3. Er sah aus wie ein riesiges altmodisches portugiesisches Kriegsschiff und stand in einem Tank mit Schwefelsäure, der auf Rädern fuhr. Der Kaplan schaute ernst drein. Etwas Schreckliches mußte geschehen sein.

Der Kaplan ermahnte Boyle, sich tapfer zu zeigen, und dann eröffnete ihm der Offizier, es gebe schlechte Nachrichten von zu Haus. Zu Haus habe es einen Todesfall gegeben, Boyle würde einen besonderen Drei-Tages-Paß erhalten und solle sich bereitmachen, sofort abzureisen.

»Ist es – ist es – Mama?« fragte Boyle und bekämpfte die aufsteigenden Tränen. »Ist es Papa? Oder Nancy?«

Nancy wohnte nebenan. »Ist es Gramps?«

»Mein Sohn«, sagte der Offizier. »Reiß dich zusammen. Es fällt mir schwer, doch ich muß dir eröffnen: Die Frage ist nicht, *wer* gestorben ist, sondern *was* gestorben ist.«

»Was?«

»Jawohl, was gestorben ist, mein Junge, ist die Milchstraße.«

Eliot schaute auf. Der Landkreis Rosewater lag hinter ihm. Er vermißte ihn nicht.

Als der Bus in Nashville im Staate Indiana hielt, der Kreisstadt im Landkreis Brown, blickte Eliot wieder einmal hinaus und betrachtete die Wagen der Feuerwehr, die gerade vor der Wache standen. Er dachte daran, Nashville einige wirklich gute Feuerwehrwagen zu kaufen, doch dann entschied er sich dagegen. Er fürchtete, man könne schlecht damit umgehen.

In Nashville stellte man kunstgewerbliche Artikel her, und es überraschte Eliot daher nicht, als er einen Glasbläser bemerkte, der jetzt im Juni Weihnachtsschmuck machte.

Bis der Bus den Stadtrand von Indianapolis erreichte, schaute Eliot nicht wieder auf. Dann war er sehr erstaunt, als er sah, daß die ganze Stadt von einem Feuersturm verzehrt wurde. Solchen Feuersturm hatte er nie zuvor gesehen, doch oft und viel davon gelesen und geträumt. In seinem Büro zu Haus hielt er ein Buch verborgen, es war ihm selbst nicht klar, weswegen er es verbarg und jedesmal, wenn er es herausholte, ein Schuldgefühl hatte und fürchtete, beim Lesen ertappt zu werden. Sein Verhältnis zu diesem Buch glich dem eines im Fleisch schwachen Puritaners zur Pornographie, doch gab es sicherlich kein Buch, das so unerotisch war wie seins. Es hieß »Das Bombardement Deutschlands« und war von Hans Rumpf verfaßt. Und der Abschnitt, den Eliot immer wieder las, mit starren Gesichtszügen und schwitzenden Handflächen, war die Beschreibung des brennenden Dresden:

»Als die Feuer durch die Dächer der brennenden Gebäude brachen, bildete sich eine Säule erhitzter Luft, die mehr als vier Kilometer hoch und zwei Kilometer im Durchmesser war... Diese Säule glich einem Sturmwind, dem von unten her einströmende kühlere Oberflächenluft zugeführt wurde. Anderthalb bis zwei Kilometer von den Feuern entfernt beschleunigte diese Zugluft die Windgeschwindigkeit von siebzehn auf vierundfünfzig Stundenkilometer. Am Rande dieses Gebietes muß die Geschwindigkeit noch erheblich größer gewesen sein, denn vielfach wurden Bäume von einem Meter Umfang entwurzelt. In kurzer Zeit erreichte die Lufttemperatur Grade, die alles Brennbare sofort entzündeten, und das gesamte Gebiet stand in Flammen. Bei einem solchen Feuer brennt alles restlos nieder; das heißt, es blieb keine Spur brennbaren Materials übrig, und erst nach zwei Tagen war das Gebiet wieder kühl genug, daß man es betreten konnte.«

Eliot, der sich von seinem Sitz im Bus erhoben hatte,

ließ den Feuersturm von Indianapolis auf sich einwirken. Er war von Ehrfurcht ergriffen durch die Majestät der Feuersäule, die wenigstens zehn Kilometer im Umfang und fast hundert Kilometer hoch war. Die Grenzen der Feuersäule schienen ganz scharf und fest zu sein, als wären sie aus Glas gemacht. Innerhalb dieser Grenzen drehten sich Schneckenlinien von dunkelroter Asche in großartiger Harmonie um einen weißen Kern. Das Weiße machte den Eindruck von etwas Heiligem.

Vierzehntes Kapitel

Vor Eliots Augen wurde alles schwarz, so schwarz wie das Nichts jenseits der letzten Grenzen des Universums. Und dann erwachte er und fand sich auf dem flachen Rand eines leeren Brunnens sitzend wieder. Das Sonnenlicht, das durch einen Baum sickerte, besprenkelte ihn. Oben im Baum sang ein Vogel. Eliot befand sich in einem von einer Mauer eingeschlossenen Garten, und der Garten kam ihm bekannt vor. An einem solchen Ort hatte er viele Male mit Sylvia gesprochen. Der Garten gehörte zu Dr. Browns Nervenheilanstalt in Indianapolis, in die er Sylvia vor vielen Jahren gebracht hatte. Folgende Inschrift hatte jemand auf den Rand des Brunnens geschnitten:

»Tue so, als seiest du immer gut, und sogar Gott wird getäuscht.«

Eliot bemerkte, daß ihn jemand zum Tennis angezogen und ihm auch, als stehe er in einem Warenhaus-Schaufenster, einen Tennisschläger in den Schoß gelegt hatte. Versuchsweise schloß er die Hand um den Griff, um festzustellen, ob der Schläger und auch er selbst, Eliot, wirklich seien. Er beobachtete das komplizierte Muskelspiel seines Unterarms und meinte, er sei nicht nur Tennisspieler, sondern sogar ein guter. Und er brauchte sich auch nicht zu fragen, wo er Tennis gespielt hatte; denn die eine Seite des Gartens wurde von einem Tennisplatz begrenzt.

Der Vogel rief wieder, und Eliot schaute hoch und sah die vielen grünen Blätter und wußte auf einmal, daß dieser Garten allein das Feuer in Indianapolis, das er doch selbst gesehen hatte, nicht überstanden haben konnte. Es hatte also gar kein Feuer gegeben!

Er schaute weiterhin zu dem Vogel hoch und wünschte sich, selbst ein Vögelchen zu sein, so daß er in die Wipfel hochfliegen konnte und niemals wieder herunterzukommen brauchte. So hoch wollte er fliegen, weil hier unten auf dem Nullpunkt der Erdoberfläche etwas vor sich ging, das ihn beunruhigte. Vier Männer in dunklen Geschäftsanzügen saßen auf einer Betonbank dicht nebeneinander, nur zwei Meter weit weg. Sie starrten ihn alle an und erwarteten wohl von ihm etwas ganz Besonderes. Und Eliot hatte das Gefühl, er hätte nichts Besonderes zu sagen oder zu geben.

Die Muskeln im Nacken schmerzten ihn jetzt, sie konnten seinen Kopf nicht immerzu hochhalten.

»Eliot...?«

»Bitte?« Eliot wußte, daß er gerade zu seinem Vater gesprochen hatte. Langsam senkte er die Augen, der Blick glitt am Baum herunter von Zweig zu Zweig, wie ein krankes Vögelchen. Endlich waren die Augen auf gleicher Höhe mit denen seines Vaters.

»Du wolltest uns etwas Wichtiges mitteilen«, erinnerte ihn sein Vater.

Eliot sah, daß drei alte Männer und ein junger Mann auf der Bank saßen, die alle voller Sympathie für ihn waren und angestrengt darauf warteten, was er ihnen wohl mitzuteilen hatte. Den jungen Mann identifizierte er als Dr. Brown. Der zweite alte Mann war Thurmond McAllister, der Familienanwalt. Der dritte alte Mann war ihm fremd. Eliot wußte seinen Namen nicht, und doch drückten seine Gesichtszüge aus, daß er ein guter Freund von Eliot sei, was diesen nicht beunruhigte – obwohl die Gesichtszüge die eines freundlichen Leichenbestatters vom Lande waren.

»Sie finden die richtigen Worte nicht?« meinte Dr. Brown. In seine Stimme mischte sich ein wenig Furcht, und unruhig bewegte er sich hin und her.

»Ja, ich finde die richtigen Worte nicht«, pflichtete ihm Eliot bei.

»Na«, sagte der Senator, »wenn du nicht die richtigen Worte findest, kannst du sie auch nicht vor Gericht bei einem Beweis deiner Zurechnungsfähigkeit benutzen.«

Eliot nickte beifällig. »Habe ich denn – habe ich denn angefangen, richtige Worte zu sagen?«

»Du hast einfach verkündet«, sagte der Senator, »daß dir gerade eine Idee gekommen ist, die das ganze Durcheinander mit einem Schlage und auf wunderbare und anständige Weise in Ordnung bringen würde. Und dann hast du da in den Baum hochgeschaut.«

»Hm«, sagte Eliot. Er tat so, als dächte er nach, und zuckte dann mit den Schultern. »Was es auch war, es ist mir wieder entfallen.«

Senator Rosewater schlug die gefleckten alten Hände zusammen. »Du brauchst aber nicht zu denken, daß wir keine Ideen haben, wie man das alles in Ordnung bringt.« Er zeigte sein abstoßendes, siegesgewisses Lächeln und klopfte McAllister auf das Knie. »Stimmt's?« Jetzt schlug er dem Fremden, der hinter McAllister saß, auf die Schulter. »Stimmt's?« Von dem Fremden mußte er äußerst angetan sein. »Wir haben den Mann mit den besten Ideen in der ganzen Welt auf unserer Seite.« Er lachte und schien sehr zufrieden mit den Ideen, die der Mann hatte.

Der Senator legte nun den Arm um Eliot. »Aber hier, dieser Junge, so wie er aussieht und wie er sich gibt – *das* ist unser Beweisstück Nummer eins. So gepflegt! So sauber!« Die alten Augen funkelten. »Wieviel Pfund hat er abgenommen, Doktor Brown?«

»Neununddreißig Pfund.«

»Jetzt hat er wieder Athletengewicht!« rief der Senator begeistert aus. »Kein Gramm zuviel. Und was für ein Tennis er gezeigt hat! Gnadenlos!« Er sprang auf die Füße und versuchte, einen Tennisaufschlag nachzuahmen. »Das beste Spiel, das ich je in meinem Leben sah, hat vor einer Stunde stattgefunden, hier innerhalb dieser Mauern. Du hast ihn richtig abgeschlachtet, Eliot!«

»Hm.« Eliot sah sich nach einem Spiegel oder einer blankpolierten Oberfläche um; er hatte keine Ahnung, wie er überhaupt aussah. Im Springbrunnen war kein Wasser, und die kleine Schale am Boden, aus der die Vögel tranken, genügte zu einer Spiegelung nicht.

»Haben Sie nicht behauptet, der Mann, den Eliot geschlagen hat, war einmal Berufsspieler?« fragte der Senator.

»Vor vielen Jahren«, erwiderte Dr. Brown.

»Und Eliot hat ihn richtig abgeschlachtet! Die Tatsache, daß der Mann in Ihrer Behandlung ist, hat doch mit seinem Spiel nichts zu tun, nicht wahr?« Er wartete nicht auf die Antwort. »Und als Eliot vom Platz kam, siegreich, um uns die Hand zu schütteln, da hätte ich gleichzeitig lachen und weinen können. ›Und dies ist der Mann‹, sagte ich mir, ›der morgen vor Gericht beweisen soll, daß er nicht verrückt ist. Ha!‹«

Eliot, der aus der Tatsache Mut zog, daß ihn die vier Männer, die ihn beobachteten, für normal hielten, stand jetzt auf, als wollte er sich recken. Doch seine wahre Absicht war, sich näher an die Trinkschale heranzuarbeiten. Da man ihn als Sportler betrachtete, würde es nicht weiter auffallen, wenn er in den Brunnen hineinsprang: dort machte er Kniebeugen, als wolle er überflüssige Kraft loswerden. Bei den gymnastischen Bewegungen merkte er, daß er etwas Dickes in der Hüfttasche trug. Er zog es heraus und stellte fest, es war ein zusammengerolltes Exemplar des »Amerikanischen Spiegel«. Er rollte es auf und erwartete ein Bild von Randy Herald, wie sie darum bat, mit dem Samen eines Genies befruchtet zu werden. Doch was er auf dem Titelblatt sah, war ein Bild von sich selbst. Auf dem Bild trug er einen Feuerwehrhelm. Das Bild stellte eine Vergrößerung von einem Foto dar, das am Nationalfeiertag aufgenommen worden war. Darüber stand: *Der normalste Mann in Amerika? (Seite 2).*

Eliot schlug Seite zwei auf, während die anderen Männer sich optimistisch über den Verlauf der Gerichtssitzung am nächsten Tag äußerten. In der Mitte der Seite fand Eliot ein weiteres Bild von sich: ein verwackeltes, wie er in dem Irrenhaus Tennis spielte.

Von der gegenüberliegenden Seite her schien ihm die tapfere, bemitleidenswerte kleine Familie Fred Rosewaters zuzuschauen, wie er Tennis spielte. Diese Rosewaters sahen wie Tagelöhner aus. Auch Fred hatte viele Pfunde abgenommen. Daneben war ein Bild von Norman Mushari, ihrem Anwalt. Mushari, der sich selbständig gemacht hatte, trug eine elegante Weste mit einer dicken goldenen Uhrkette. Folgendes wurde ihm in den Mund gelegt: »Meine Klienten wollen nichts als ihr natürliches und gutes Recht für sich und ihre Nachkommenschaft. Die aufgeblasenen Plutokraten aus Indiana haben Millionen ausgegeben und mächtige Freunde im ganzen Land mobilisiert, damit uns ein Prozeß versagt bleibt. Siebenmal ist der Prozeß vertagt worden, aus den fadenscheinigsten Gründen, und in der Zwischenzeit spielt Eliot Rosewater hinter den Mauern eines Irrenhauses Tennis, und seine Leibwache leugnet lautstark, daß er verrückt ist. Wenn meine Klienten den Prozeß verlieren, werden sie auch ihr bescheidenes Haus und ihr bißchen Mobiliar, ihr altes Auto, das Segelboot ihres kleinen Kindes, die Versicherungspolicen, ihr Gespartes und Tausende von Dollars, die sie von Freunden geborgt haben, verlieren. Diese mutigen, gesunden, typischen Amerikaner haben alles, was sie besitzen, auf den amerikanischen Rechtsstaat gesetzt, und dieser Rechtsstaat wird und darf und kann sie nicht im Stich lassen.«

Auf Eliots Seite waren ferner zwei Fotos von Sylvia; ein älteres zeigte, wie sie mit Peter Lawford in Paris twistete, und ein ganz neues zeigte sie, wie sie sich in ein belgisches Nonnenkloster begab, wo absolutes Sprechverbot herrschte.

Und Eliot hätte sicherlich noch länger über Sylvias merkwürdiges Ende und Anfang zugleich nachgedacht, hätte er nicht gehört, wie sein Vater den alten fremden Mann liebenswürdig mit »Mr. Trout« anredete.

»Trout!« rief Eliot aus. Er war derart überrascht, daß er einen Augenblick lang die Balance verlor und sich an der Trinkschale festzuhalten versuchte, die jedoch nur lose dastand. Eliot ließ den »Amerikanischen Spiegel« fallen und ergriff die Trinkschale mit beiden Händen: und im Wasser sah er sich nun selbst – einen ausgemergelten, fieberhaft glühenden kleinen Jungen in fortgeschrittenem Lebensalter.

Mein Gott, dachte er, F. Scott Fitzgerald, einen Tag vor seinem Tode.

Er nahm sich zusammen, damit er nicht noch einmal Trout beim Namen nannte, und drehte sich nach ihm um. Er ahnte, daß eine Anrede verraten würde, wie krank er eigentlich war, weil Trout und er sich offensichtlich während der hinter ihm liegenden, in Dunkel gehüllten Tage gut kennengelernt hatten. Eliot hatte ihn anfangs nicht erkannt, aus dem einfachen Grunde, weil ihn alle Einbände seiner Bücher als einen Mann mit Bart zeigten. Der Fremde hatte keinen Bart.

»Bei Gott, Eliot«, sagte der Senator, »als du mich batest, Trout kommen zu lassen, habe ich dem Arzt erklärt, du seist immer noch verrückt. Du hast behauptet, Trout könne alles erklären, was du in Rosewater getan hättest, sogar wenn du es selbst nicht könntest. Doch ich war bereit, alles zu versuchen, und daß ich ihn geholt habe, ist das Klügste, was ich je getan habe.«

»Stimmt«, sagte Eliot und setzte sich vorsichtig wieder auf den Rand des Brunnens. Er langte hinter sich und zog den »Amerikanischen Spiegel« zu sich heran. Er rollte ihn zusammen und bemerkte zum erstenmal das Datum. Nach einer ruhigen Berechnung stellte er fest, er hatte irgendwie, irgendwo ein ganzes Jahr verloren.

»Du sagst, was Mr. Trout von dir erwartet«, befahl der Senator, »und du hältst dich so, wie du dich jetzt hältst, und ich weiß wirklich nicht, wie wir morgen den Fall verlieren können.«

»Dann werde ich also sagen, was Mr. Trout von mir erwartet, und nichts an der Rolle ändern. Aber es wäre mir lieb, wenn wir noch einmal wiederholten, was Mr. Trout von mir erwartet.«

»Ganz einfach«, erklärte Trout mit voller und tiefer Stimme.

»Ihr zwei habt so oft darüber gesprochen«, meinte der Senator.

»Trotzdem«, erwiderte Eliot. »Ich möchte es noch einmal hören.«

»Also«, hob Trout an, rieb sich die Hände und beobachtete sich selbst dabei. »Was Sie in Rosewater getan haben, war weit entfernt davon, verrückt zu sein. Möglicherweise war es das wichtigste soziologische Experiment unsrer Zeit, denn es beschäftigte sich in kleinem Rahmen mit einem Problem und seinen fürchterlichen Schrecken, die durch unsere kalten Maschinen zu einem weltweiten Problem überhaupt werden müssen. Dieses Problem lautet: Wie kann man sich jener Menschen annehmen und ihnen Liebe zuteil werden lassen, die eigentlich überflüssig sind? In kurzer Zeit werden nämlich fast alle Menschen als Hersteller von Gebrauchsartikeln, Lebensmitteln, Apparaten und noch mehr Maschinen durchaus überflüssig sein. Auch auf den Gebieten der Wirtschaft, der Technik und wahrscheinlich auch der Medizin wird man Ideen sterblicher Menschen gar nicht mehr benötigen. Wenn wir also keine Gründe und Mittel finden, menschliche Wesen überhaupt noch zu schätzen, und zwar als menschliche Wesen und weiter nichts, dann können wir sie ja auch, wie es schon oft vorgeschlagen worden ist, einfach ausradieren.«

»Uns Amerikanern hat man es lange beigebracht, alle Menschen zu verachten, die nicht arbeiten wollen oder können, und uns sogar selbst zu verachten. Diesen Erbteil natürlicher Grausamkeit verdanken wir dem Gott sei Dank verschwundenen Wilden Westen. Aber die Zeit wird kommen, wenn sie nicht schon gekommen ist, daß eine solche Einstellung nicht mehr ›natürlich‹ ist. Sie wird nur noch grausam sein.«

»Ein armer Mann mit Unternehmungsgeist kann sich noch immer aus der Misere herausarbeiten«, sagte der Senator, »und das wird noch Tausende von Jahren der Fall sein.«

»Vielleicht, vielleicht«, erwiderte Trout milde. »Er kann vielleicht sogar so viel Unternehmungsgeist haben, daß seine Nachkommen in einem Utopia wie Pisquontuit leben, wo allerdings Seelenschmutz und Dummheit und Trägheit und Unvernunft genauso schrecklich sind wie alles, was im Landkreis Rosewater krank ist. Armut ist eine verhältnismäßig harmlose Krankheit, auch für amerikanische Seelen, aber das Sich-Hocharbeiten wird starke und schwache Seelen gleicherweise umbringen.«

»Wir müssen dafür ein Heilmittel finden.«

»Ihre Hochachtung für die Freiwillige Feuerwehr ist außerordentlich vernünftig, Mr. Rosewater, denn bei einem Feueralarm ist sie fast das einzige Beispiel begeisterter Selbstlosigkeit, das man überhaupt in unserem Lande findet. Sie eilt jedem menschlichen Wesen zu Hilfe, ungeachtet aller Verluste. Der verabscheuungswürdigste Mensch in der Stadt wird es erleben, daß seine

Feinde einen Brand bei ihm löschen. Und wenn er in der Asche nach Resten seiner verabscheuungswürdigen Besitztümer stochert, wird er von keinem anderen als dem Feuerwehrhauptmann selber getröstet und bemitleidet.«

Trout hob die Hände. »Dort also gibt es noch Menschen, die Menschen um ihrer selbst willen schätzen. Das ist äußerst selten. Und davon müssen wir also lernen.«

»Bei Gott, Sie sind großartig!« sagte der Senator zu Trout. »Sie hätten Public-Relations-Manager werden sollen! Selbst Maulsperre könnten Sie den Leuten andrehen! Was macht ein Mann mit Ihren Talenten in einem Briefmarken-Tauschgeschäft?«

»Briefmarken tauschen«, erklärte Trout milde.

»Mr. Trout«, sagte Eliot, »was haben Sie mit Ihrem Bart gemacht?«

»Das war das erste, was Sie mich fragten.«

»Sagen Sie es mir noch einmal.«

»Ich hatte Hunger und war demoralisiert. Ein Bekannter wußte eine Stellung. Also habe ich den Bart abrasiert und mich beworben. Also habe ich die Stellung gekriegt.«

»Man hätte Sie mit Bart nicht genommen?«

»Ich hätte ihn immer abrasiert.«

»Warum?«

»Denken Sie nur an die Gotteslästerung, die dann entsteht, wenn eine Jesus-Gestalt Briefmarken tauscht.«

»Von diesem Trout kann ich überhaupt nicht genug kriegen«, erklärte der Senator.

»Vielen Dank.«

»Bloß wäre es schön, wenn Sie aufhörten zu behaupten, Sie wären Sozialist. Das sind Sie nicht! Sie sind ein Vertreter der freien Marktwirtschaft!«

»Ohne meinen Willen bin ich zu einem Sozialisten geworden, glauben Sie mir.«

Eliot dachte über das Verhältnis zwischen diesen beiden interessanten alten Männern nach. Trout wurde nicht durch die Bemerkung beleidigt (wie es Eliot erwartet hatte), er sei eigentlich ein unehrlicher, weil sozialistischer Mensch. Anscheinend freute er sich sogar über den Senator, der für ihn eine Art Kunstwerk darstellte, und wollte mit ihm auf keinen Fall Streitigkeiten haben. Und der Senator bewunderte Trout als einen Kerl, der alles mit Vernunftgründen hinbiegen konnte, und verstand überhaupt nicht, daß Trout nie etwas anderes als die reine Wahrheit hatte sagen wollen.

»Was für ein großartiges politisches Programm Sie verfassen könnten, Mr. Trout!«

»Sehr freundlich von Ihnen.«

»Auch Rechtsanwälte denken wie Sie – und finden wunderbare Erklärungen für hoffnungslose Fälle. Doch bei den Anwälten klingt das nie ganz richtig, sondern immer wie Tschaikowskis Ouvertüre ›1812‹ auf einer Mundharmonika.« Er ließ sich zurückfallen und strahlte. »Also los, erzählen Sie uns von noch weiteren großartigen Dingen, die Eliot zustande gebracht hat, als er sich immer vollaufen ließ.«

»Das Gericht«, meinte McAllister, »wird sicherlich wissen wollen, was nun Eliot aus den Experimenten gelernt hat.«

»Halte dich vom Alkohol weg, sei du selbst und benimm dich entsprechend«, erklärte der Senator im Brustton der Überzeugung. »Und tue nicht so, als seist du Gott, oder die Leute werden dir die Füße ablecken, dich ausnehmen, Gebote nur darum brechen, weil sie ja wissen, es wird ihnen sowieso vergeben, und dich verleugnen, wenn du weg bist.«

Eliot horchte auf. »Verleugnen?«

»Ach, zum Teufel noch mal – man liebt dich, man haßt dich, weint oder lacht über dich und erzählt jeden Tag neue Lügen über dich. Man rennt herum wie Hühner ohne Kopf und verhält sich, als wärst du wirklich Gott und im Augenblick bloß verschwunden.«

Eliot fühlte, wie sich sein Inneres zusammenzog, und wußte, er würde nie wieder nach Rosewater zurückkehren können.

»Es scheint mir«, sagte Trout, »die wichtigste Lehre, die Eliot aus allem gezogen hat, ist, daß wir wirklich alle Liebe brauchen, die wir nur kriegen können.«

»Und das wäre was Neues?« fragte der Senator.

»Es ist insofern neu, als ein Mensch wie Eliot diese Liebe über eine solche lange Zeit hat überhaupt geben können. Wenn ein Mensch so etwas kann, können es vielleicht andere auch. Es bedeutet, daß unser Haß für überflüssige menschliche Wesen und die Grausamkeiten, die wir ihnen angeblich in ihrem eigenen Interesse zufügen, nicht unbedingt zur menschlichen Natur gehören. Auf Grund des Beispiels, das uns Eliot Rosewater gegeben hat, können vielleicht Millionen Menschen lernen, jedem, dem sie begegnen, ihre Liebe entgegenzubringen und zu helfen.«

Trout blickte alle der Reihe nach an, ehe er sein letztes Wort zu diesem Thema sprach. Es war: »Freude.«

Eliot schaute in den Baum hoch, wo ein Vogel sang, und überlegte, worin seine eigenen Gedanken über den Landkreis Rosewater bestanden hatten – Gedanken, die er irgendwie dort oben im Baum verloren hatte.

»Wenn nur ein Kind dagewesen wäre!« sagte der Senator.

»Nun, wenn Sie wirklich Enkelkinder wollen«, meinte McAllister scherzhaft, »es gibt etwa siebenundfünfzig, von denen Sie sich eins auswählen können – das ist der Stand nach der letzten Zählung.«

Alle, außer Eliot, fanden diese Bemerkung äußerst witzig.

»Was heißt das, siebenundfünfzig Enkelkinder?«

»Deine Nachkommenschaft, mein Junge«, kicherte der Senator.

»Meine was?«

»Deine uneheliche Nachkommenschaft.«

Eliot fühlte, daß dies für ihn ein entscheidendes Geheimnis war, und riskierte es sogar, zu verraten, wie krank er eigentlich sei, indem er sagte: »Ich verstehe kein einziges Wort.«

»Siebenundfünfzig Frauen im Landkreis Rosewater behaupten, du bist der Vater ihrer Kinder.«

»Das ist verrückt.«

»Natürlich«, sagte der Senator.

Eliot stand auf und war von äußerster Gespanntheit. »Das ist – ist doch unmöglich!«

»Du tust so, als wäre das das erste Mal, daß du davon hörst«, sagte der Senator und schaute Dr. Brown unsicher und mit den Augen klappernd an.

Eliot bedeckte das Gesicht mit den Händen. »Es tut mir leid, ich – ich kann mich gar nicht mehr erinnern.«

»Du fühlst dich doch wohl, mein Junge, oder?«

»Ja.« Eliot senkte die Hände. »Ich fühle mich wohl. In meinem Gedächtnis ist bloß eine gewisse kleine Lücke – und du kannst sie für mich füllen. Wie kommen alle diese Frauen dazu, so etwas über mich zu sagen?«

»Wir können es zwar nicht beweisen«, sagte McAllister, »aber Mushari ist im Landkreis umhergefahren und hat die Leute bestochen, Schlechtes über Sie auszusagen. Die Sache mit den Kindern begann bei Mary Moody. Einen Tag nachdem Mushari in der Stadt gewesen war, behauptete sie, Sie wären der Vater der Zwillinge Foxtrott und Melodie. Und das hat anscheinend so eine Art Hysterie ausgelöst...«

Kilgore Trout nickte und freute sich über diese Hysterie.

»Schließlich haben Frauen im ganzen Landkreis behauptet, ihre Kinder wären von Ihnen, Mr. Rosewater. Wenigstens die Hälfte scheint es auch zu glauben. Ein fünfzehnjähriges Mädchen, dessen Stiefvater im Gefängnis ist, weil er sie schwanger gemacht hat, behauptet jetzt ebenfalls, Sie hätten es schwanger gemacht.«

»Es stimmt nicht!«

»Natürlich stimmt es nicht«, sagte der Senator. »Beruhige dich. Mushari wird es nicht wagen, dies vor Gericht zu behaupten. Sein ganzer Plan ging schief und hat den Fall für ihn sogar noch schwieriger gemacht. Das Ganze ist so offensichtlich eine allgemeine Hysterie, daß sich kein Richter damit abgeben würde. Von Foxtrott und Melodie haben wir Bluttests machen lassen, und die beiden können unmöglich deine Kinder sein. Aber wir haben nicht etwa die Absicht, auch von den restlichen sechsundfünfzig Bluttests machen zu lassen. Sie können zur Hölle gehen.«

Eliot schaute in den Baum hoch, wo der Vogel sang, und plötzlich erinnerte er sich an alles, was in der Zeit der Dunkelheit geschehen war – den Kampf mit dem Busfahrer, die Zwangsjacke, die Schock-Therapie, die Selbstmordversuche, an die ewige Tennisspielerei und die vielen Diskussionen um den Prozeß.

Und mit diesem mächtigen inneren Schlag, den die Wiederkehr des Gedächtnisses verursachte, kehrte auch der Gedanke zurück, der ihm als eine sofortige schöne und gerechte Lösung der Probleme erschienen war.

»Sagt mir«, begann er, »schwört ihr alle, daß ihr mich für normal haltet?«

Alle legten diesen Schwur mit Leidenschaft ab.

»Und ich bin noch immer Leiter der Stiftung? Kann ich noch immer im Namen der Stiftung Schecks ausschreiben?«

McAllister erklärte ihm, er könne dies auf jeden Fall.

»Wie sieht das Konto aus?«

»Ein ganzes Jahr lang haben Sie nichts ausgegeben – außer für Rechtsanwaltshonorare und die hiesigen Aufenthaltskosten und die dreihunderttausend Dollar für Harvard und die fünfzigtausend für M. Trout.«

»Allerdings hat er dieses Jahr mehr ausgegeben als letztes Jahr«, meinte der Senator, womit er recht hatte. Eliots Unternehmungen im Landkreis Rosewater waren billiger gewesen als der Aufenthalt im Sanatorium.

McAllister informierte Eliot, er habe noch etwa drei und eine halbe Million Dollar auf dem Konto, und Eliot bat ihn um einen Federhalter und einen Blankoscheck. Dann schrieb er für seinen Cousin Fred einen Scheck über eine Million Dollar aus.

Der Senator und McAllister fuhren wie von Wespen gestochen hoch und erklärten ihm, sie hätten sowieso schon einen Vergleich mit der Zahlung einer größeren Summe vorgeschlagen, doch Fred hatte, durch seinen Anwalt, hochmütig abgelehnt. »Die wollen alles!« rief der Senator.

»Da haben sie Pech«, erwiderte Eliot, »denn sie kriegen diesen Scheck und mehr nicht.«

»Das muß das Gericht entscheiden – und der Himmel weiß, was das Gericht entscheiden wird«, warnte ihn McAllister. »Und man kann das nie wissen, niemals!«

»Wenn ich ein Kind hätte«, sagte Eliot, »dann wäre dieser Prozeß doch sinnlos, stimmt's? Das heißt, das Kind würde automatisch die Stiftung erben, ob ich nun verrückt bin oder nicht, und Freds Verwandtschaftsgrad wäre zu weitläufig, um ihn zu irgend etwas zu berechtigen.«

»Stimmt.«

»Trotzdem«, meinte der Senator, »eine Million Dollar ist viel zuviel für dieses Schwein aus Rhode Island!«

»Also wieviel?«

»Hunderttausend ist schon sehr viel.«

Eliot zerriß den Scheck über eine Million und schrieb einen neuen über ein Zehntel dieser Summe aus. Er schaute auf und sah sich von ehrfürchtiger Scheu umgeben – denn die Bedeutung dessen, was er gesagt hatte, war nun allen klargeworden.

»Eliot«, sagte der Senator mit zitternder Stimme, »willst du uns etwa sagen, du *hast* ein Kind?«

Eliot blickte ihn mit dem Lächeln einer Madonna an. »Jawohl.«

»Und wo? Wer ist die Mutter?«

Eliot bat mit milden Gesten um Geduld. »Laßt mir bitte Zeit.«

»Ich bin Großvater!« rief der Senator.

»Mr. McAllister«, sagte Eliot, »sind Sie verpflichtet, jeden juristischen Auftrag, den ich Ihnen gebe, auszuführen, gleichgültig, was mein Vater oder sonst jemand dazu sagt?«

»Als Rechtsberater der Stiftung, jawohl.«

»Gut. Ich beauftrage Sie jetzt, sofort einen Text zu entwerfen, der rechtmäßig anerkennt, daß jedes Kind im Landkreis Rosewater, von dem behauptet wird, es sei meins, auch meins ist, unabhängig von Bluttests. Sie sollen volle Erbrechte als meine Söhne und Töchter haben.«

»Eliot!«

»Von diesem Augenblick an sollen sie alle Rosewater heißen. Und sagt ihnen, daß ihr Vater sie liebt, ganz egal, was aus ihnen wird. Und sagt ihnen auch...« Eliot hielt inne und erhob den Tennisschläger, als wäre er ein Zauberstab.

»Und sagt ihnen«, begann er noch einmal, »sie sollen fruchtbar sein und sich vermehren.«